사소하지만
뾰족한 순간들

김예원
김완
박산호
이은주
허태준

사소하지만
뾰족한
순간들

그때
우리가 선택한
태도에 관하여

양양하다

태도가 머무는 자리, 우리가 선택한 세계

우리는 흔히 사회를 거대한 구조나 제도, 정책으로 설명하곤 합니다. 하지만 사실 사회는 수많은 개인의 태도와 선택으로 이루어집니다. 각자가 주어진 자리에서 어떻게 관계를 맺고, 어떤 방식으로 책임을 감당하며, 무엇을 외면하거나 받아들이는지가 곧 사회의 모습을 결정하기 때문입니다.

그 얼굴은 의외로 아주 사소한 순간에 또렷하게 드러납니다. 휠체어 앞에서 멈칫하는 찰나의 시선, 계단 한 칸을 넘지 못해 식당 문턱 앞에서 발길을 돌리는 모습, 쓰레기 더미 속 한 사람의 진실을 섣부른 병명으로 단정 짓는 낙인처럼 아주 짧은 순간 안에 한 사회의 태도가

고스란히 담겨 있습니다.

이 책은 바로 그런 순간들에 관한 기록입니다. 다섯 작가는 "그때 나는 어떤 태도를 선택했는가"라는 질문을 붙들고, 각자의 자리에서 통과해 온 장면들을 자신만의 언어로 기록했습니다.

장애인 인권을 위해 싸우는 변호사가 '자격 없음'이라는 말을 돌려받는 자리에서, 삶의 마지막을 준비하는 이들과 함께 시간을 견디는 돌봄 노동자의 시선에서, 벽 앞에서 수없이 돌아섰지만 다시 달리기 위해 신발끈을 조여 매는 번역가의 일상에서, '좋은 경험'이라는 말에 가려져 온 불안한 청춘의 밤에서, 그들 모두 각자의 방식으로 사소하지만 뾰족한 순간들을 지나왔습니다.

우리는 이미 알고 있습니다. 무심한 한마디가 누군가를 시작선 밖으로 밀어낼 수 있다는 것을. 불편한 현실을 '좋은 경험'이라고 포장하는 말이 문제를 지우는 방식이 될 수 없다는 것도요. 그리고 돌봄과 노동의 자리를 오직 비용으로만 계산하는 사회에서는 누구도 오래 버티기 어렵다는 사실 또한 알고 있습니다. 그래서 지금 우리는 서로의 경험을 제대로 듣고, 그 경험 위에 서서 다시 태도를 선택해야 합니다.

이 글들을 엮으며 저 역시 제 삶의 어떤 선택들, 말하지 못했던 침묵들을 자주 떠올렸습니다. 이 책을 펼친 독자도 각자의 자리에서 그런 순간들을 한 번 떠올려보면 좋겠습니다. 그때 나는 어떤 태도를 선택했는지, 누구의 편에 서 있었는지, 무엇을 말했고 어디서 침묵했는지. 그 질문을 피하지 않고 바라보는 일에서, 조금 더 다정하고 조금 더 분명한 태도가 다시 시작되기를 바랍니다.

차례

1.
시작선 밖의
사람들

김예원

자격 없음

   사법연수원 수료를 앞두고, 나름 성실하게 인생 계획표를 채워가던 때였다. 첫 직장을 어디로 할지, 어떤 법률가로 살아가고 싶은지 같은 것들 말이다. 그런데 계획표 한구석에 사법시험 합격 당일에는 상상조차 못했던 문장 하나가 불쑥 더해졌다.

   '군대 같이 가기'

   수료를 열흘쯤 앞두고 연수원에서 만난 연인과 결혼식을 올리기로 했다. 식을 마치고 다시 열흘이 지나면 그는 군법무관으로 3년의 의무복무를 시작해야 했다. 잠시도 떨어져 있고 싶지 않았던 나는, 그 시간을 온전히 함께 견딜 방법을 궁리했다. 그리고 '동반입대'라는 비장의 카드를 생각해 냈다.

장기 군법무관이라는 길이 있었다. 성별과 무관하게 연수원 수료생이라면 누구나 지원할 수 있었고, 5년간 복무해야 했다. 여성이 지원하는 경우가 흔한 편은 아니었지만, 평소 운동을 좋아하고 성적도 안정권이었기에 지원만 하면 충분히 가능하리라 생각했다.

당시 지원서를 낼지 말지 고민하는 단계였는데, 마침 국방부에서 장기 군법무관 모집 홍보를 위해 사법연수원에 상담 부스를 연 것이 아닌가! 절호의 기회였다. 나는 그간의 고민을 가감 없이 꺼내 놓았다. 성적도 상위권, 범죄 등 서류상 문제될 것 전혀 없음, 활달한 성격, 뛰어난 운동 능력까지, 담당자는 모든 조건이 차고 넘친다고 했다. 다만 한 가지, 걸린다는 것이 있었다.

"한쪽 눈은 아예 안 보이시는 건가요? 그럼 시각장애인인 거네요? 음…… 그렇다면 지원해도 서류 통과가 어려울 것 같은데요?"

담당자의 말이 채 끝나기도 전에, 머릿속에서 무언가 '툭' 하고 끊어지는 기분이 들었다. 이상한 일이다. 시각

장애가 어제오늘 생긴 것도 아닌데, 마치 그날 처음 알게 된 사실처럼 낯설게 다가왔다. 정확히는 '내 몸의 일부가 갑자기 내 발목을 잡는다는 사실'을, 그제야 처음 실감한 것이다.

"한쪽 눈이 보이지 않으면 지원이 어렵다."

거절의 이유가 너무 단순해서 오히려 비현실적이었다. 왜 어려운지, 어떤 업무에 지장이 있는지, 절충하거나 보완할 방법은 없는지 물었지만, 돌아오는 답은 "그냥 어렵다."였다. 군법무관의 업무가 오직 사격장에서 영점을 잡는 일만은 아닐 텐데, 그저 '어렵다'가 전부라니! 그 말은 내게 이렇게 들렸다.

"검토할 가치가 없다."

이대로 물러설 수는 없었다. 나는 나라는 사람을 더 치열하게 설명하기 시작했다. 학창 시절 내내 체력장에서 특급을 놓친 적이 없다고, 대한검도회 공인 유단자에 대회 수상 경력까지 있다고. 오기 섞인 외침도 덧붙였다.

"저 같은 인재를 놓치는 건 대한민국 군대에 큰 손해입니다!"

하지만 돌아온 반응은 허탈할 만큼 단순했다.

"그냥 내부 의견이 그렇습니다. 장애인은 군법무관 지원이 어려워요."

내부 의견, 참 편리한 말이다. 누가 말했는지도 알 수 없고, 누가 책임지는지도 모르고, 어디에 물어볼 수도 없는 말.

사실 주변에서는 그 좋은 성적으로 왜 사서 고생이냐며, 만류가 이어지던 참이었다. 동반입대는 이루지 못한 낭만으로 남겨두어도 누구 하나 뭐라 할 사람도 없었다. 머리로는 "그래, 그만하자"가 되었는데, 마음 한구석이 자꾸만 따끔거렸다. 아주 작은 가시 하나가 박힌 것 같았다.

그 통증은 '군대에 못 간다'는 데 있지 않았다. '너는 애초에 시작선에 설 자격조차 없다'고 분류된 데서 오는 모멸감이었다. 내게 삶이란 언제나 '해낼 수 있느냐 없느냐'의 문제였지, '시작선에 설 자격이 있느냐 없느냐'의 문제는 아니었으니까.

버스를 타고 집에 돌아오는 길, 창밖 풍경 위로 내 얼굴이 겹쳐 보였다. 그 얼굴이 낯설었다. 정말이지 생경했다. 학창 시절 체력장을 특급으로 통과하던 몸과 검도 대회에서 상을 받던 손이, 그날은 한쪽 눈의 시야 결손 하나로 '자격 없음' 도장이 찍힌 것 같아 한없이 무력했다.

그날 이후, 나는 '소수성'이라는 말을 다르게 이해하기 시작했다. 그것은 특정 집단의 정체성이 아니라, 어떤 기준 앞에서든 누구나 갑자기 맞닥뜨릴 수 있는 '자리'의 문제였다.

공익변호사가 되어 소수자들의 부당함을 법으로 다투는 일을 하며, 나는 그 구조를 법의 언어로 매번 마주했다. 용어는 저마다 달랐지만, 그 안에 담긴 아픔의 결은 닮아 있었다.

"그분은 원래 그런 분이에요."

"다른 분들보다 좀 예민하시네요."

"저희도 해 드리고 싶죠. 하지만 규정이 그렇잖아요."

대개 악의를 품고 나오는 말은 아니었다. 오히려 그들에게는 지극히 당연하고 자연스러운 말이었다. 그러나 그 '자연스러운 말'이 자연스럽게 사람을 밀어내는 도구가 될 때, 현실에서 마땅한 답을 찾기란 거의 불가능에 가까웠다. 의문을 제기하는 것만으로도 부적응자나 프로불편러 취급을 했다.

혐오와 차별은 특정한 누군가만을 향해 작동하지 않는다. 타인을 향한 혐오는 당사자뿐 아니라, 그 장면을 지켜보는 이들의 마음에도 깊은 생채기를 남긴다. 그것은 우리가 마시는 공기를 탁하게 만들고, 그 안에 머무는 모두를 천천히 지치게 한다. 국가인권위원회 조사에서도 혐오 표현을 접한 이들이 사회적 반응 때문에 고통받았다고 응답한 결과는 결코 우연이 아니다.

법은 물론 필요하다. 차별을 금지하는 법안이 논의되는 건 당연한 흐름일지도 모른다. 그러나 법이 제정된다고 해서, 사람의 마음까지 그 자리에서 같이 생겨나는 것은 아니다. 법은 최소한의 기준선을 세울 수 있지만, 사람의 태도까지 자동으로 바꿔주지는 못한다.

차별과 혐오가 가장 촘촘하게 스며드는 곳은 대단한 제도와 권력이 있는 곳이 아니다. 무심코 던지는 말투와 시선, 아무렇지 않게 주고받는 농담 속에 숨어 있다. 그

작고 일상적인 틈에서 누군가는 오늘도 시작선 밖으로 밀려난다.

오래전 어느 주말 저녁, 지인과 차별에 관한 이야기를 나누었다. 그는 강남에서 태어나 유명 외고를 우수한 성적으로 졸업하고, 우리나라 최고 명문대에 진학해 누구보다 자유롭게 자신의 삶을 누려온 사람이었다. 대화를 나누다 문득 이런 질문이 떠올랐다.

"살면서 차별이나 배제를 경험해 본 적, 단 한 번도 없으시죠?"

그는 망설임 없이 고개를 저었다. 그는 곧이어 자신의 희귀한 성씨에 얽힌 기억을 꺼내 놓았다. 희귀한 성씨 탓에 학창 시절 내내 조롱 섞인 놀림을 받았고, 그 시간이 너무 괴로워서 성을 바꾸기 위해 법원 판결까지 진지하게 고민했다고 했다.

이처럼 스스로 소수성과 무관하다고 믿는 이조차, 특정 '상황' 안에서는 얼마든지 혐오의 대상이 될 수 있다. 사회적 자원을 충분히 가진 50대 남성이라도 술 취해 걷는 뒷모습 하나로 '개저씨'가 될 수 있고, '정상 가정'에서 육아 중인 엄마도 어떤 장소에서는 '맘충'이 될 수 있다. 혐오를 걷어내지 않은 사회에서는 누구든지, 순식간에 '구분되는 쪽'으로 밀릴 수 있는 것이다.

그래서 나는 일상에서 무의식적이고 비의도적인 차별을 걷어내려는 아주 작은 노력에도 박수를 보낸다. 직장에서 직책을 떼고 서로를 '○○님'이라고 부르는 사소한 약속 같은 것들 말이다. 누군가는 그게 무슨 큰 혁명이냐고 반문할지도 모르지만, 그런 작은 언어의 변화가 관계 속 권력의 경사도를 조금이나마 낮춰주기도 한다. "라때는 말이야"라는 표현이 유행한 뒤 얼마나 많은 이들이 곤혹스러운 대화의 굴레에서 한 발 비켜설 수 있었는지를 떠올려 보면 그 힘을 실감할 수 있다.

생전 젠더 차별과 혐오 문제를 꾸준히 제기하다 스스로 생을 놓은 김기홍 활동가는 마지막 SNS 글에 이렇게 적었다.

"보이지 않는 시민, 보고 싶지 않은 시민을 분리하는 것 그 자체가 주권자에 대한 모욕이다."

그 문장을 떠올릴 때마다, 나 역시 내 주변의 누군가를 '보고 싶지 않은 쪽'으로 밀어내는 말을 너무 쉽게 해온 것은 아닌지 돌아보게 된다. 그리고 다시 묻게 된다. 오늘 내가 누군가에게 무심코 붙이려 했던 '자격 없음 분류표'는 무엇이었을까. 그걸 정말 붙일 자격이 나에게 있기는 한 것일까.

우리는 너무 쉽게 자격을 말합니다. 지원 자격, 합격 자격, 발언 자격, 부모로서의 자격, 시민으로서의 자격. 그 말은 중립적인 기준처럼 보이지만, 때로는 누군가를 시작선 밖에 세우는 도장이 되기도 합니다.

'자격 없음'이라는 말을 들었던 순간은, 제가 타인의 자격을 쉽게 재단하지 않겠다고 마음먹은 출발점이 되었습니다.
소수성은 특별한 누군가의 표식이 아닙니다. 어떤 기준 앞에서든, 누구나 갑자기 서게 되는 자리입니다. 오늘은 내가 기준의 안쪽에 있을지 몰라도, 내일은 나 역시 설명 없이 배제되는 쪽에 설 수 있습니다.

누군가를 쉽게 재단하지 않고, 시작선에서 밀어내는 말 대신, 함께 설 자리를 묻고, 자격을 함부로 말하지 않는 사람으로 서는 것, 그 작은 마음들이 태도로 쌓일 때, 사회도 아주 조금씩 달라질 수 있지 않을까요.

1층이 있는 삶

오랜만에 친구를 만나기로 했다. 휠체어를 타는 친구였다. 약속을 잡으면서 메시지를 보냈다.

"뭐 먹고 싶어?"

잠깐의 침묵이 흐른 뒤, "그건 미리 정해도 의미가 없어."라는 답이 돌아왔다.

말투에는 이렇다 할 감정이 실려 있지 않았다. 체념이라기보다, 이미 여러 번 확인한 사실을 전달하는 건조한 느낌에 가까웠다. 나는 그 말이 농담이 아니라는 걸 직감하면서도, "그래도 먹고 싶은 거 생기면 미리 알려줘."라고 답했다.

약속 장소 근처엔 식당과 카페가 즐비했다. 겉보기엔

그저 평범한 1층 가게들이었다. 유리문 너머로 사람들이 앉아 있는 모습이 보였다. 웃으며 이야기 나누는 이들을 보니 누구에게나 열려 있는 공간 같았다. 그런데 막상 그 공간에 들어서려 하자 예상치 못한 난관을 마주하게 되었다.

처음 멈춰 선 가게 문 앞엔 작은 턱이 있었다. 그 옆 가게엔 계단 한 칸이 있었다. 드물게 경사로를 갖춘 곳도 있었지만, 휠체어를 탄 사람이 혼자 오르기에는 각도가 너무 가팔랐다.

"여긴 안 되겠네."

"여기도 힘들겠다."

몇 번쯤 그런 말을 주고받았을까. 처음에는 내가 먼저 말을 꺼냈고, 나중엔 친구가 고개를 끄덕이는 것으로 대신했다. 메뉴 이야기는 어느 순간부터 완전히 사라졌다. 우리는 더 이상 '무엇을 먹을지' 이야기하지 않았다. 그저 들어갈 수 있는 곳이 있는지 없는지만 확인하고 있었다.

문 앞까지 갔다가 돌아서는 일이 반복되었다. 그 작은 순간들이 누구에게는 아무 의미없는 가벼운 행동이겠지만, 우리에게는 또 하나의 선택지를 지워나가는 불편하고 고단한 부정의 과정이라는 사실은 드러나지 않았다.

30분 넘게 길을 헤맨 끝에야 겨우 한 식당에 자리를 잡았다. 메뉴판을 펼쳤다. 음식은 따뜻했고, 식당도 붐비지 않았다. 그런데도 내 마음은 계속 불편했다. 밥을 먹는 내내 자꾸 입구 쪽을 살폈고, 우리의 대화도 눈에 띄게 줄어들었다. 우리가 겪은 일이 단순히 '운이 나빴던 하루'의 문제가 아니라는 걸 이미 알고 있었기 때문이다.

그날 이후, 나는 '1층'이라는 단어를 전과 다르게 읽기 시작했다. 1층은 단순한 공간이나 편의의 문제가 아니었다. 어떤 사람은 아무 생각 없이 들어가는 곳이지만, 어떤 사람은 입구 앞에서부터 배제되는 공간이었다.

밥을 먹은 뒤, 살짝 휘어진 친구의 안경테를 수리하러 근처 안경점을 찾았다. 입구에서 우리는 실소를 금할 수 없었다. 경사로가 있었지만, 그 경사로는 입구로 올라가는 한 칸 계단의 절반쯤에서 끝나 있었다. 경사로 끝까지 올라와도 여전히 턱이 남아 있는 구조였다. 킥킥대던 친구가 말했다.

"저런 걸 보면 참 성의껏 조롱하는구나 싶다니까."

그 말이 쉽게 잊히지 않았다. 누군가에게는 '이만큼 배려했다'는 생색내기용 장치일지 모르지만, 경사로를 따라 올라왔음에도 결국 문턱 앞에서 발길을 돌려야 하는 누군가에게는 조롱으로만 느껴질 뿐이었다.

자연스럽게 10여 년 전의 사건 하나가 떠올랐다. 서울 한복판, 종로3가역을 이용해 매일 출퇴근해야 했던 중년의 휠체어 이용자를 의뢰인으로 만났을 때다. 당시 종로3가역에는 지상 출구가 무려 21개나 있었다. 하지만 장애인이 지상으로 나갈 수 있는 엘리베이터는 단 하나도 없었다. 우리의 요구는 단순하고 소박했다. 21개의 출구 중 단 하나만이라도 휠체어가 지상으로 올라갈 수 있게 해달라는 것, 그뿐이었다.

소송 내내 피고 측은 같은 말을 반복했다.

"구조상 어쩔 수 없다."

"법이 예외를 허용하고 있다."

"무리하게 공사하면 비장애인의 안전도 위협받는다."

듣는 것만으로도 숨이 턱턱 막히는 말들이 법정에서

아무렇지 않게 울려퍼졌다. 소송은 2년 넘게 이어졌고, 결국 그나마 설치가 가장 안전하다고 판단되는 지점에 엘리베이터를 설치하는 것으로 조정이 성립되었다.

몇 개월 뒤, 마침내 엘리베이터가 설치되었다. 처음부터 안 된다고 못 박았던 바로 그 자리였다. 그 결과를 보며, 나는 생각했다. 정말 구조가 문제였던 걸까. 그 구조 안에서만 생각해 온 사람들이 귀찮은 일을 피하려고 '불가능'이라는 말을 오랫동안 전매특허처럼 휘둘러온 것은 아니었을까.

법전에 법이 없는 것은 아니다. 장애인 편의시설 설치를 규정한 법도 있고, 장애인에 대한 차별을 금지하는 법도 있다. 하지만 그 법들은 수많은 예외를 열어주고 있다. 건물이 오래되었다는 이유로, 면적이 작다는 이유로, 구조 변경이 어렵다는 이유로 누구나 접근해야 할 '1층을 만들 의무'는 쪼그라든다. 작아지고 작아지다가 남는 것은 한 줌의 '선의'뿐이다.

"직원이 도와주면 되잖아요."

"누군가 같이 있으면 괜찮지 않나요?"

시스템이 외면한 한 개인의 불편을 타인의 '선의'로 '극복'하게 만드는 식이다. 우리는 이런 장면을 감동이라 부르며 소비하는 데 익숙하다. 하지만 그것은 권리가 아닌 호의에 기대어 살라는 강요이자, 겪는 사람에게는 무책임한 서사일 뿐이다.

'1층이 있는 삶'이라는 소송은 바로 그런 장면들 때문에 나왔다. 가고 싶은 식당에 가고, 필요할 때 편의점에 들르고, 마트에서 장을 보는 일. 누군가에게는 너무 당연해서 말할 필요조차 없는 일상이, 누군가에게는 매번 사전 조사와 타인의 협조를 전제로 해야만 가능한 일이 되는 현실에 대한 문제 제기였다.

이 문제를 법정으로 끌고 온 이들은 비단 휠체어를 이용하는 장애인뿐이 아니었다. 유모차를 밀고 아이와 함께 다니는 사람들, 계단 이용이 쉽지 않은 어르신들도 있었다. 도움을 청하고 눈치를 봐도 도무지 1층에 접근하기 어려운 환경을 수십 년간 방치한 국가를 상대로, 그들은 정당한 권리를 묻는 손해배상 소송을 제기한 것이다.

대법원의 판단이 나오기까지 무려 6년이 넘는 시간이

걸렸다. 그 시간 동안에도 무수히 많은 '1층의 턱'이 새로 생겨났고, 수많은 공간이 여전히 누군가에게는 굳게 닫혀 있었다.

2024년 12월, 대법원은 역사적인 판결을 내렸다. 국가가 오랜 시간 장애인의 접근권을 방치해 온 책임을 인정하며, 그 손해를 배상하라고 판단한 것이다. 장애인의 접근권이 헌법상 기본권이라는 점도 분명히 했다. 판결문의 문장은 단순한 법적 선언이 아니라, 우리 사회가 오랫동안 외면해 온 질문에 대한 답처럼 읽혔다.

판결문을 읽으며 나는 친구의 얼굴을 떠올렸다. 식당 문 앞에서 늘 입구를 먼저 살피던 모습, 들어갈 수 없는 곳 앞에서도 아무렇지 않은 척 웃던 표정. 그 장면들은 더 이상 개인의 성격이나 예민함의 문제가 아니었다. 정당하게 보장받지 못한 권리 때문에 생겨난 어색한 순간들이었다는 것을 당당하게 판결로 확인받은 것이다.

물론 판결 하나로 모든 것이 금방 달라지지는 않을 것이다. 하지만 이제는 최소한 "법이 그렇다"거나 "어쩔 수 없다"는 말은 좀 덜 들을 수 있지 않을까.

그날 친구와 헤어지며 이런 생각이 들었다. 우리가 바꿔야 할 것은 눈에 보이는 턱만이 아니라, 그 턱을 당연하게 여겨온 시선일지도 모른다고. 그리고 누군가가 "들어갈 수만 있으면 다행"이라고 말하지 않아도 되는 사회는, 그렇게 시선을 조금 바꾸는 데서부터 시작될지도 모른다고.

그날의 기억은 저에게 공간을 다르게 읽는 법을 가르쳐 주었습니다. 누군가에게는 아무 생각 없이 드나드는 1층이, 누군가에게는 입구에서부터 배제되는 공간일 수 있다는 사실을 알게 되었습니다.
우리는 쉽게 말합니다.

"도와주면 되잖아요."

하지만 권리는 선의로 대신할 수 없습니다. 겉으로만 같은 공간은 아닌지, 그 공간은 정말 누구에게나 열려 있는지, 작은 턱과 계단을 너무 당연하게 여기고 있지는 않은지 돌아봅니다.

소년 법정,
문 앞에 서다

　살면서 소년보호재판을 직접 본 사람이 얼마나 될까.
변호사에게도 소년보호재판은 흔한 경험이 아니다. 변
호사가 된 지 몇 년이 지나 처음 소년 법정에 섰던, 그 날
의 기억이 아직도 생생하다.

　지적장애가 있는 초등학생 여자아이가 피해자인 성폭
력 사건이었다. 아이는 온라인에서 자신을 '오빠'라고
소개한 사람을 알게 되었고, '오빠'라는 사람은 매일같
이 아이에게 메시지를 보내왔다. 그는 아이의 별 의미 없
는 메시지에도 바로 답을 보냈고, 맛있는 것과 예쁜 것을
살 수 있는 온라인 선물도 여러 차례 보내주었다. 아이
는 한번 만나자고 조르는 '오빠'가 부담스러웠지만, 평

소 갖고 싶어 했던 물건 사진을 보내며 직접 주고 싶다고 하자 결국 약속을 잡는다. 약속 장소로 나온 아이를 그 오빠라는 사람은 아파트 옥상으로 데려갔고, 그곳에서 성폭력이 일어났다. 가해자는 자신의 범행을 몰래 촬영까지 하고, 이후 그 영상을 협박 수단으로 사용했다.

피해 아이의 부모는 아이가 뭔가 달라진 것을 눈치채고, 상황을 파악하자마자 경찰에 곧바로 신고했다. 수사가 시작된 지 얼마 되지 않아 가해자를 잡았는데, 놀랍게도 이제 막 고등학생이 된 '소년'이었다.

나는 사건 내용을 파악하면서 마음 한구석이 묘하게 꺼림칙했다. 사건의 무게와 '소년'이라는 말 사이의 간극 때문이었을 것이다.

얼마 후 나는 피해자의 변호사로서 가정법원의 심리기일 통지를 받고 법원에 갔다. 늘 그랬듯 사건 변호사임을 확인하면 바로 법정으로 들어가게 된다. 그날도 소년부 재판정 앞 복도에 서서 통지서를 내밀었다. 그런데 직원이 고개를 들며 물었다.

"사전에 참여 허가는 받으셨나요?"

순간 말문이 막혔다. 심리기일이 열린다는 통지를 이미 받았고, 당시 나는 피해자를 대리하고 있었다. 왜 별도의 허가가 필요한지 곧바로 이해되지 않았다. 통지서를 다시 내밀며 '피해자 측 변호사'라고 말했지만, 답은 같았다. 통지는 통지일 뿐, 참여는 별도의 허가가 필요하다는 것이었다.

부랴부랴 복도에서 허가 신청서를 작성했다. 기다리는 동안 사람들의 발걸음이 오갔다. 가해 소년의 보호자로 보이는 사람들도 법정 안으로 들어갔다. 피해자 쪽 사람은 나 혼자였는데, 그때까지도 들어가지 못한 상태였다. 그동안 문이 몇 번 열렸다 닫혔지만, 안쪽에서 무슨 말이 오가는지는 알 수 없었다.

얼마 뒤, 판사가 피해자 변호사로서 법정에 들어오는 것을 허가했다는 말과 함께 법정으로 들어가는 문이 열렸다. 법정에 들어서자마자 판사는 이제 막 자리에 선 나에게 피해자 측 진술을 시작하라고 했다. 지금 절차가 어느 단계인지 파악할 틈도 없었다. 머릿속에서 문장들이 엉키기 전에 피해 아동의 상황과 엄벌 의사를 최대한 차분히 진술했다. 진술을 마치자 판사는 건조한 목소리로 마이크에 대고 이렇게 말했다.

"이제 퇴정해 주십시오."

방청은 허용되지 않았다. 나가는 내 뒤통수에다 문 근처에서 재판 진행을 엿듣지 말라는 말도 덧붙였다. 나는 다시 복도로 나왔다. 문이 닫히는 소리가 괜히 더 크게 들리는 것은 기분 탓이었을 것이다.

다음 날 재판부에 전화를 걸었다. 가해 소년에게 어떤 보호처분이 내려졌는지, 피해 아동이 안심할 만큼의 조치가 이루어졌는지 확인하고 싶었다. 하지만 돌아온 답은 간단했다.

"알려드릴 수 없습니다."

소년보호재판은 비공개라는 이유였다. 피해자라고 해도 예외는 없었다. 그 순간 다시 한번 실감했다. 소년법정에서 피해자는 '중요한 사람'이 아니라 '절차 밖 사람'이라는 사실을.

사실 법원이 사건 피해 아동에게 잘못하거나 과도하게 한 것은 없다. 소년보호재판은 원래 그렇게 설계된 제도다. 범죄를 저지른 소년에게 사회적 낙인이 남지 않도록 하고, 그 소년이 어른이 되어가는 과정에 회복 가능성을 보호해 주기 위한 것이다. 법률가로서 그 취지를 이해하지 못하는 것은 아니다. 하지만 그 원칙이 현실에서 어떻게 작동하는지 생각하면 갸우뚱한 지점들이 있다. 피해자는 사건이 어떻게 심리되고 있는지 알기 어렵고, 어떤 판단이 내려졌는지도 알 방법이 없다. 심리 개시를 하지 않는다는 결정이 내려지더라도, 그 판단을 다툴 방법조차 없다.

물론 제도가 조금씩 바뀌고 있기는 하다. 법이 개정되면서 피해자와 그 대리인의 의견진술권이 명시되었고, 피해자가 미리 재판부에 신청을 하면 심리기일을 통지받을 수 있다. 하지만 그뿐이다. 사건 기록 열람과 등사는 여전히 어렵다. 피해자 본인의 진술 부분이나 민사소송을 위해 필요한 최소한의 인적 사항조차 알 수 없을 때가 많다.

그렇다고 피해 아동을 위해 성인 형사재판처럼 재판을 공개하고, 그 결과를 모두 알려줘야 하는 걸까? 정답을 찾기는 쉽지 않다. 소년 사건을 깊이 들여다볼수록 '엄벌해야 한다'는 말과 '오히려 도와줘야 한다'는 말이 연결되어 있다는 것을 절감하기 때문이다.

어른 중심의 사회에서 소년범죄를 다루는 방식은 대개 비슷하다. 일단 소년범죄 사건이 보도되면 여론은 빠르게 한 방향으로 흐른다. "엄벌해야 한다", "소년법이 문제다", "촉법소년 연령을 낮춰야 한다"는 말들이 쏟아진다. 그러한 여론 때문인지 소년법정이 아닌 일반 형사법정으로 보내지는 사건도 적지 않다.

하지만 상담을 하다 보면, 많은 범죄 소년들이 이미 폭력과 방임을 경험한 상태라는 사실을 알게 된다. 가정폭력과 학대, 지속적인 방치 속에서 자란 아이들이 사건 한가운데 있는 것이다.

그중에는 비공개로 보호받을 수 있는 소년재판이 아닌 일반 형사재판을 원하는 아이들도 있다. 형사재판을 받으면 집행유예가 나오고 절차가 끝나니 오히려 편하다는 것이다. 집행유예가 자신의 인생에 얼마나 큰 걸림돌이 될 지는 별로 중요하게 생각하지 않는다. 그저 당장의 불편함을 피하는 것이 더 중요하다고 생각하는 것이다. 소년보호재판을 받으면 집행유예 같은 것은 없지만 보호관찰을 받을 수도 있고, 시설에서 지내야 할 수도 있는데, 그러한 일상의 제약과 통제가 싫다는 이유다.

이 아이들에게 법이나 재판은 어떤 의미가 있을까? 소년사법은 꽤 번거로운 제도이기도 하다. 복잡한 조사를 거치고 나서도 결과가 불확정적이다. 법원이 내릴 처분을 무시하거나 잘 이행하지 않으면 더 무거운 처분으로 바뀌기도 한다. 그럼에도 이 제도를 만들고 유지하는 이유는 분명하다. 소년을 성인사법으로 끌어가는 정책이 범죄 감소에 효과적이지 않다는 사실이 반복해서 확인되어 왔기 때문이다.

소년을 보호하기 위해 닫힌 문은, 피해자를 밖으로 밀어내는 것처럼 보인다. 하지만 나는 그 문 앞에서 여러 번 멈춰 서면서, 그리고 천천히 법정을 둘러싸고 벌어지는 일들을 관찰하면서 소년사법에 대하여 함부로 단정하여 말하지 않게 되었다. 여론이 너무 빠르게 엄벌을 향해 달려갈 때마다 법정 문 앞에서 멈춰야 했던 날들을 떠올린다.

범죄를 저지른 소년은 보호받아야 할 존재이면서 동시

에 자신의 행위에 대해 책임을 배워야 할 당사자다. 피해자는 절차의 바깥에 서 있는 주변인이 아니라, 권리를 가진 주체다. 이 두 가지를 동시에 붙들고 균형을 유지해야 하기에 소년사법은 늘 명확한 결론을 내리기 쉽지 않다.

어쩌면 소년보호재판의 의미는 법정 안이 아니라 법정으로 들어가는 문 앞에서 더 또렷해지는지도 모른다.

소년 법정의 문 앞에 서 있던 날들을 떠올립니다. 누군가는 강하게 처벌해야 한다고 하고, 누군가는 이해와 회복을 먼저 이야기합니다. 하지만 현실은 그렇게 선명하게 둘로 나뉘지 않습니다. 한쪽의 고통을 다른 쪽의 고통으로 덮어서도 안 되고, 분노만으로도, 연민만으로도 설명하기 어렵습니다.

소년사법은 참 어렵습니다. 보호와 책임을 동시에 붙드는 일은 번거롭고 더딥니다. 그럼에도 그 긴장을 쉽게 내려놓고 싶지 않습니다. 명확한 답을 서둘러 내기보다 균형을 고민하고, 단죄와 회복을 함께 묻는 시선이 더 필요하다고 생각하니까요.

불행해질 권리를
요구합니다

올더스 헉슬리의 《멋진 신세계》는 태어날 때부터 계급과 직업, 성향이 정해지고, 불안이나 고통 같은 감정은 약물로 조절되는 사회를 그린 소설이다.

작품 속 '세계국' 사람들은 대체로 만족하며 살아간다. 아프거나 불안하거나 슬플 때는 '소마'라는 약을 먹으면 즉시 감정이 조절되기에 깊이 절망할 일도 없다. 갈등이 생길 요소는 차단되고, 예측할 수 없는 위험은 사전에 제거된다.

그러나 세계국 바깥의 '보호구역'에서 태어나 세계국 안으로 들어온 주인공 존의 마음은 복잡하다. 인공수정으로 태어난 대부분의 세계국 사람들이 별 걱정없이 편안하게 살아가는 모습을 부정하지는 않지만, 그 편안함이 무엇을 대가로 얻어진 것인지 선뜻 이해되지 않는다. 고통을 피하는 대신 자유를 포기한 삶, 실패하지 않기 위해 아예 선택조차 하지 않는 삶, 안전하기 위해 위험을 모르는 삶. 그런 삶을 과연 인간다운 삶이라고 할 수 있을지, 존의 마음을 계속 맴돈다.

세계국의 최고 엘리트이자 통치자인 '세계 감독관' 무스타파 몬드 앞에 선 존은 이렇게 말한다.

"신과 시, 진짜 위험과 자유를 원합니다."

선한 선택뿐 아니라 잘못된 선택까지 포함한 삶, 실패할 수 있고 망가질 수도 있는 삶을 원한다고. 그러자 몬드는 존에게 나직하게 되묻는다. 그것은 결국 '불행해질 권리를 달라'는 말 아니냐고, 고통과 두려움, 상처를 감수하겠다는 것 아니냐고 말이다. 존은 시선을 피하지 않은 채 대답한다.

"네. 바로 그 불행해질 권리를 원합니다."

이 장면은 과연 소설 속 상상에만 머무는 이야기일까. 어쩌면 우리는 이미 익숙한 방식으로 비슷한 말을 하고 있는지도 모른다.

"위험할 수 있다, 감당하기 어렵다, 불행해질 수 있다."

그 말들은 대개 선의의 얼굴을 하고 있지만, 그 선의가 어디까지 타인의 삶을 대신 판단할 수 있는지에 대해서는 묻지 않는다. 불행해질 가능성이 있다는 이유로 어떤 선택 자체를 허락하지 않는다면, 그 사람에게 남는 삶의 터전은 얼마나 좁아질까.

2012년, 내가 장애인 인권운동 판, 이른바 '장판'에 발을 들인 이후 지금까지도 장애인 탈시설 문제는 사회의 뜨거운 감자다. 탈시설을 둘러싼 논쟁을 마주할 때마다 존과 몬드의 대화가 떠오른다. 시설 밖의 삶은 위험할 수 있고, 불안정할 수 있으며, 실패할 가능성도 크다는 말들. 우리는 지금 누구의 불행을 걱정하고 있는 걸까. 그리고 그 걱정은 과연 누군가의 삶을 더 안전하게 만들고 있는 걸까.

몇 년 전, 서울시의회가 장애인 탈시설 및 지역사회 정착지원 조례를 폐지하는 것을 지켜볼 때도 마찬가지였다. 장애계가 공들여 쌓아 올린 이 역사적인 조례를 폐지하려는 시도에, 유엔장애인권리위원회도 공개적으로 우려를 표명했지만 소용없었다. 당시 서울시장은 조례 폐지에 즈음하여 이렇게 말했다.

"장애인이 모두 탈시설을 해서 지역사회에서 자립생활을 하는 게 이상적이긴 하지만, 그걸 '못하는' 장애인도 있습니다. 누가 부모님을 요양원에 모시고 싶겠어요? 다 피치 못할 사정이 있는 거죠."

자립생활을 '못하는' 사람. 이 말을 반복하여 곱씹으며 내 마음도 존의 마음처럼 답답해졌다. 삶은 권리가 아니라 능력의 문제라는 뜻일까. 시설 밖에 나가서 살 수 있는지를 다른 능력자에게 판단 받아야 한다는 의미일까.

위험을 감당할 수 있을지, 실패하지 않을지, 잘 해낼 수 있을지를 먼저 증명해야만 선택할 자격이 주어진다면, 그 선택을 여전히 권리라고 부를 수 있을까.

노쇠한 어머니를 요양원에 모신 한 중년의 아들이 있었다. 요양원 입소를 결정할 때는 나름의 이유가 있었을 것이다. 밤마다 넘어질까 봐, 혼자 두면 위험할까 봐, 집에서는 더는 돌봄이 감당되지 않아서.

그렇게 입소했는데, 한 주 두 주 시간이 지나면서 어

머니는 눈에 띄게 달라졌다. 입소 초기에는 지팡이를 짚고 화장실 정도는 스스로 다녀오시던 분이, 어느 순간부터는 부축 없이는 걷기 어려워했다. 기저귀 착용 시간이 늘어났고, 생기 있던 얼굴에는 초점 없이 퀭한 눈이 둥둥 떠 있었다. 기억력이나 상황 판단은 기대하기 어려웠고, 대화도 점점 짧아졌다. 어떤 날은 잠시 아들을 알아보지 못하기도 했다. 면회를 갈 때마다 어머니는 같은 말을 반복했다.

"집에 가자, 집에 가자."

그 말이 간절할수록 아들의 마음은 더 무거워졌다. "여기가 안전해요"라는 말이 차마 나오지 않았다. 그 안전이 어머니에게는 '갇혀 있음'처럼 느껴질 수도 있다는 걸, 이제는 알 것 같았기 때문이다.

아들은 퇴소를 신청하기로 결심한다. 집에서 다시 모셔야겠다고, 완벽하지 않더라도 돌봄을 나누고, 서비스를 붙이고, 방법을 찾아보자고. 그런데 그때 누군가가 이렇게 막아선다면 어떨까.

"이분은 신체적 또는 정신적 능력이 현저히 낮아서 자립생활을 못할 것으로 판단되니 요양원에서 나갈 수 없습니다."

묻지 않는 것이 '보호'가 되고, 대신 결정하는 것이 '책임'으로 둔갑하는 장면이다.

변호사로 그리고 사회복지사로 10년 넘게 중증장애가 있는 범죄 피해자들을 만나며 알게 된 분명한 사실이 있다. 아무리 장애가 중하더라도, 똑같은 사람으로 대하고, 시간을 들여 관계를 열어 가면, 자기만의 방식으로 충분히 의사를 표현한다는 것이다. 의사소통은 상대방의 '능력'이 아니라, 묻는 사람이 애초에 묻고 들으려는 태도를 갖고 있는지 없는지에 따라 갈렸다. 시설에서 나오고 싶은 장애인에게, 요양원에서 퇴소하고 싶다는 어머니에게 이 사회는 얼마나 진지하게 묻고 있는 걸까.

시설뿐이 아니다. 정신병원에서 거의 10년 가까이 지내고 있는 민철 씨를 만난 적이 있다. 그는 병원을 나가 고향에서 살고 싶다고 했다. 법이 바뀌어 이제는 정신병원에서 퇴원이 쉬워졌다는 이야기를 들었는데, 왜 자신은 계속 병원에 있어야 하냐며 물었다. 하지만 쉬운 일은 아니었다. 민철 씨의 입원은 언제나 서류상으로는 완벽하게 '적법'했다.

그 병원에서는 이유를 알 수 없는 환자의 죽음이 종종 있었다. 또 가족이 없는 환자들은 자신도 모르는 사이 기초생활수급자로 등록되어 있었다. 하지만 정작 당사자는 수급비를 본 적이 없었다. 모든 통장은 병원에서 관리했다. 달달한 간식이 먹고 싶어 조금만 용돈을 달라고 해도 대부분 거절당했다. 담배를 피우는 환자들도 마찬가지였다.

밥에서 개미가 이틀 연속 나온 날, 항의를 했지만 돌아온 말은 "왜 이렇게 유난을 떠느냐"였다. 위생 문제나 생활 불편에 대한 문제 제기는 '불만'으로, 불만은 곧 '문제 행동'으로 취급되었다. 민철 씨는 병원에 입원해 있는 환자였지만, 사실은 병원이라는 이름의 견고한 시설에 살고 있었다.

시설화된 삶은 어디에나 있다. 벽과 출입문이 없는 평범한 가정집에서도, 누군가는 갇혀 살아간다. 영미 씨는 시골에서 가족과 함께 살고 있는 지적장애 여성이다. 밝고 사람을 좋아하는 성격이었지만, 성인이 된 뒤 얼마 지나지 않아 감당하기 어려운 일을 겪었다. 마을의 버스 기사 여러 명이 돌아가면서 영미 씨에게 성폭력을 가한 것이다. 가해자들은 모두 영미 씨를 몇 년 전부터 봐 왔기에, 그가 지적장애인이라는 사실을 알고 있었다.

사건을 지원하며 가장 절망스러웠던 것은 가해자들의 뻔뻔함이 아니었다. 영미 씨가 살고 있는 '집'이었다. 가족은 오랫동안 영미 씨의 선택과 결정을 대신해 왔다. 누구와 이야기할지, 어디에 갈지, 마음에 드는 사람이 생겨도 스스로 아무것도 결정할 수 없었다. 모든 결정에는 가족의 허락이 필요했다. 성폭력 사실이 드러났을 때 가족이 영미 씨에게 가장 먼저 건넨 말은 "네가 밖으로 나돌아다녀서 생긴 일"이라는 질책이었다. 그 말 속에서 영미 씨의 마음속 이야기는 끝내 등장하지 않았다. 그렇게 영미 씨는 가정이라는 이름의 또 다른 시설에서 살고 있었다.

시설에서 나온 사람들을 만날 때마다 마음이 오래 남는 이유는, 고통의 크기보다 그것이 다뤄지는 방식 때문이다. 밖에 나가면 위험하니 여기 있는 게 낫다, 혼자서는 판단이 어려우니 대신 결정해 주겠다, 실패할 수도 있으니 시도하지 않는 게 안전하다는 말들. 그 말들은 언제나 보호의 언어를 쓰지만, 그 결과로 남는 것은 '선택하지 않은 삶'이다.

존이 요구했던 '불행해질 권리'는 그래서 낯설지 않다. 일부러 불행해지겠다는 선언이 아니라, 불행해질 가능성까지 포함해서 자신만의 삶을 살아보겠다는 말이었으리라. 실패할 수도 있고, 상처받을 수도 있고, 그 결과를 감당해야 할지도 모르지만, 그 과정을 스스로 선택해 보겠다는 요구였던 것이다.

요양원에 남아 있던 어머니와, 병원에서 나가고 싶다던 민철 씨, 집에 살고 있지만 한 번도 자기 결정이 허락되지 않았던 영미 씨.

이 사람들과 함께 살고 있는 우리 사회는 지금 어디에 서 있을까.

우리는 종종 위험을 먼저 계산합니다. 넘어질까 봐, 실패할까 봐, 상처받을까 봐. 그리고 그 가능성을 줄여 주는 것이 보호라고 믿습니다. 하지만 보호라는 이름으로 누군가의 선택을 대신하는 순간, 그의 삶은 점점 좁아집니다.

완벽하지 않아도, 서툴러도, 그 선택이 스스로의 것이라면 그 자리를 인정하고 싶습니다. 실패하지 않게 만드는 사회보다, 실패할 수 있어도 다시 선택할 수 있는 사회가 더 단단하다고 생각합니다. 불행해질 권리까지 포함해 한 사람의 삶을 온전히 인정하는 것, 지금 내가 붙들고 싶은 태도입니다.

2.
존재의 자리,
밀어내지 않는 태도

김완

믿기지 않아서 계속
둘러보게 되네요

보지 못한 자는 쉽사리 믿지 못하리라. 쓰레기가 산더미처럼 쌓인 집도 나름대로 엄격한 질서와 규율이 지배한다는 사실을.

쓰레기가 세간을 뒤덮은 탓에 직접 헤집어 보기 전에는 장판 색깔조차 파악하기 어려운데, 긍정적인 면을 보자면 집주인이 실내의 어떤 공간도 허투루 두지 않고 조밀하고 치열하게 사용한다는 뜻이다. 식탁 위, 침대 밑의 널따란 웅덩, 싱크대 주변, 뭔가 밟고 올라서야 손이 닿는 냉장고 위쪽……. 평평한 면이 존재한다면 귀퉁이든 모퉁이든 차별 없이 병과 캔, 피자 조각, 포장재, 음식 그릇 따위가 촘촘히 늘어선다.

자비란 어쩌면 온전한 받아들임. 어떤 날은 쓰레기 집이야말로 가치의 저울질로부터 초월한 절대적인 너그러움이 깃든 곳 같다. 정방형 피자 상자 위에는 그에 상응하는 너비의 또 다른 상자가 층층이 쌓이고, 오랫동안 메말라 가뭄의 논두렁처럼 갈라진 국물 요리를 담은 일회용기 아래는 엇비슷한 크기의 정원형 그릇이 포개진다. 페트병 주둥이에 뚜껑이 잠겨있다면 그 안에 액체가 남았음, 뚜껑이 없다면 비었음을 암시한다. 얼핏 보면 혼돈과 무질서가 서로 우열을 겨루는 곳이지만 찬찬히 살펴보면 그 안에서 정연한 체계와 우주적 하모니를 알아볼 수 있다고, 쓰레기 더미에서 대단한 진리를 발견한 양 현업청소부가 너스레를 떠는 속셈은 우리의 편견에 관해 되묻고 싶은 것이 있기 때문이다.

우리 모두 쓰레기의 창조자이자 한시적 동거인, 또 차가운 배신자이다. 누구나 예외 없이 쓰레기를 만들고 짧고 긴 시간 동안 함께한다. 냄새를 풍길세라 봉투에 결박해서 냉동실에 얼려 놓든, 밟으면 무저항의 뚜껑을 들어 내면을 허락하는 원통 속에 넣어 두든, 먹다 말고 파리목

곤충들의 영양 부족을 연민하며 베란다 바닥에 내팽개쳐 두든……. 본디 쓰레기와 우리는 한집안 식구이다. 요령껏 분리와 차단을 시도해본들 어차피 같은 지붕 아래 한통속인 셈이다. 위장과 방광 안에서 화학적 물리적 변화를 거치며 시시각각 차오르는 그것도 변기에 쏟아내기 전까지는 여전히 나와 한몸인 것처럼.

모범 시민은 국가가 정한 배출 요령에 따라 요일과 일몰 시각에 맞춰 집 바깥으로 쓰레기를 유기한다. 저기 어딘가 새로운 쓰레기를 슬그머니 식구로 맞이하고선 여기 오래 정분을 쌓은 쓰레기에겐 이별을 고하는 것이다. 집밖에 버림받는 쓰레기 편에서 보면 인간은 상습적으로 배신을 일삼는 환승 이별자이다. 그러나 월하노인의 붉은 선으로 이어진 인연이 그리 쉽게 끊어지랴.

우리가 버린 쓰레기는 여전히 지구별 같은 하늘 아래, 대지와 대양을 떠돌며 순례 여행 중이다. 중간처리장을 거쳐서 매립지로, 중국 수출선에 옮겨 탔다가 입국을 거부 당하고 말레이시아와 필리핀 어딘가로 재차 추방되는 운명이다. 나와 쓰레기 사이의 완전한 관계 청산은 어쩌면 영원히 불가능할지도 모른다.

집안 가득 쓰레기를 모으고 버리지 않는 자는 다정한 사람이다. 한번 품으로 들인 존재에게 여간해서는 먼저 이별을 통보하지 않는다. 서로 다른 곳에서 전입해 온 쓰레기가 하나둘 연대하고 어느덧 주권을 쟁취하여 가옥을 완전히 점령해 버리면, 가엾어라, 너그러운 자에겐 몸 누일 자리조차 남아있지 않다. 또 임대한 집의 계약 만료 일자가 다가오면 나 혼자 살겠노라 몸만 빠져나갈 수 없는 현실이 목을 죄어온다. 그때 비로소 찾는 이가 나 같은 특수청소부, 쓰레기와의 별리(別離)를 돕는 자이다.

죽은 자의 집을 치워달라는 급박하고 고조된 요구들 틈을 비집고 어느 날 은밀하고 사려 깊은 기별이 도착한다면 대개 쓰레기 집을 정리해달라는 의뢰이다. 주어진 항목을 빈칸으로 두지 않고 꼭 필요한 사항만 구체적으로 서술한 기품있는 이메일, 조용하고 나지막한 목소리에 완곡어법과 겸양어를 빠뜨리지 않는 정중한 전화, 짧은 문장이라도 상대높임법을 엄중히 지킨 문자 메시지……. 막상 집에 들어서면 부른 이의 태도와 대조되는 상황에 자못 충격을 받지만, 긍정적인 측면에서 보자면 이들은 쓰레기에게도 정중하고 일관된 대접을 해온 것이다. 쓰레기 집에 사는 이들은 아침이면 씻고, 출근하고, 스트레스를 받고, 퇴근해서 누군가를 만나고, 때론 사람에게 상처받고 반려동물에게 위로받는 우리와 결코 다른 사람이 아니다.

그러나 레거시 미디어는 쓰레기에 자비로운 이들을 으레 환자로 규정한다. 마음의 기질과 정신의 기능에 문제가 있다고 진단한다. 그래야 이해하기 쉽기 때문이다.

티브이에 방영되는 휴먼 다큐멘터리 프로그램은 극단적인 쓰레기 집을 찾아 집주인의 사연을 추적하고 집 안에 쓰레기가 들어차는 과정을 세세히 보도한다. 이웃의 증언만으로 부족해 연고자를 찾고, 정신분석의의 진료실에 들러서 '저장강박증'이라는 병명을 서둘러 담아온다. 이로써 우리는 한 인간을 소파에 앉아 안전하게 선 밖으로 밀어낼 수 있다.

이제 남은 일은 박애에 호소하고 이웃을 동원하는 것. 시가 운영하는 쓰레기 수집 차량이 도착하고, 수많은 시민 자원봉사자와 공무원이 쓰레기 릴레이에 참여하며 해방자로 나선다. 에필로그는 앞으로는 그러지 않겠다는 다짐, 환하게 웃는 얼굴 클로즈업.

오래전, 처음 쓰레기 집 청소를 맡고서 내 안에서 발견한 것도 다르지 않다. 쓰레기와 뒹굴며 사는 인간은 필시 괴물일 것이라는 믿음. 역겨움과 분노가 지당한 권리라는 듯 의뢰인을 정상 범주의 선 바깥으로 빛의 속도로 밀어냈다.

반복되는 경험은 기술을 숙련시키고 마음을 순수한 질문으로 이끈다. 청소도 그런 일 가운데 하나이리라. 유령작가, 혹은 매절(買切)작가의 날품팔이에서 손을 털고 청소부로 걸음마를 배우는 십여 년 동안 셀 수 없이 많은 쓰레기 집을 오갔다. 모래 위에 허술하게 쌓은 신앙심은 밀물의 집요한 도전을 받는다. 신경생물학자 로저 스페리의 말대로 인간의 뇌가 현실을 있는 그대로 알아보는 수단이 아니라 그저 내 선택을 정당화하는 기계일 뿐이라면, 나는 일찍이 쓰레기 집에서 괴물을 보는 선택을 했고 그에 걸맞은 혐오감을 정당하다는 듯 투사했을 뿐이다. 괴물과 혐오는 쓰레기 집에 있는 진실이 아니라 사실은 내 안에 있던 것일지도 모른다는 뼈아픈 깨달음.

쓰레기들 속에서 일런 체계를, 무질서 속에서도 인간

의 의도가 치열하게 개입하고 있음을 보고서야 비로소 그 안에 살아있는 사람의 진짜 얼굴을 만난다. 내 굴절된 믿음과 선입견 따위에 아랑곳하지 않는 진짜 인간의 얼굴을. 그 얼굴은 실로 복잡하고 다양한 표정을 가지고 있어서 강박이나 정신증 같은 어휘만으로는, 단면과 한순간을 비추는 것만으로는 온전히 담아낼 수 없으리라.

쓰레기가 사라진 자기 집으로 돌아온 의뢰인은 곧잘 문자 메시지를 보낸다. 흔히 감사하고 수고했다는 짧은 인사를 보내지만 어떤 이는 자기 삶에 관한 기나긴 고해성사를 보낸다. 어떤 인생을 살아왔으며, 쓰레기와 함께 지내며 어떤 심정이었는지. 그리고 이 청소를 통해 비로소 긴 터널 끝에 빛이 스며들고 있음을 보았다고. 텅 빈 이곳에서 처음부터 다시 시작해 보고 싶노라고.

"정말 믿기지 않아서 계속 둘러보게 되네요. 이런 상태도 처음이었고, 이렇게 큰 힘을 받은 기분도 처음입니다."

며칠 전 한 의뢰인이 자정 무렵 메시지를 보내왔다. 당신은 새벽까지 집을 온통 장악하던 쓰레기가 한순간에 사라진 것이 믿기지 않는다고 고백한다. 만약 당신 곁에서 쓰레기가 머물러 영원히 떠나지 않으리라 생각했다면 이제 그 믿음은 더는 효력이 없다. 우리를 속박하는 것은 다만 우리 믿음뿐, 언제나 심란함으로 이끄는 것은 그 일 자체가 아니라 그 일에 대한 우리 믿음이다.

믿기지 않아서 계속 둘러본다는 문장이 내 마음에 작은 파문을 일으킨다. 지금 내가 믿지 못하는 것은 무엇일까? 그리고 우리 마음은 진실로 무엇을 둘러보고 있는가?

쓰레기가 가득한 집에는 상처받은 세월과 슬픔을 조용히 이겨내려는 순수하고 절박한 영혼을 가진 인간이 있다. 나와 당신, 우리와 하등 다를 바 없는 소중하고 사랑스러운 존재. 그들에게 정말 필요한 것은 우리 사회의 섣부른 진단과 낙인, 괴물 판정이 아니라 존중이다. 내가 쓰레기 집에서 정말 버리고 싶은 것은 인간에 관한 편견, 미처 진실인지 아닌지 되물어보지 못한 세상에 대한 내 케케묵은 믿음이다.

• 이 글은 생태전환매거진 〈바람과 물〉 2호 '무해한 버림' 특집에 실렸습니다.

쓰레기 집에서 내가 정말 버리고 싶은 것은 물건이 아니라 믿음이 었는지도 모릅니다. 한 사람을 쉽게 설명해 버리려는 믿음, 이해되지 않는 삶을 병명으로 정리해 안심하려는 믿음, 그리고 나만은 선 밖에 서 있다고 여겨온 믿음.

우리는 모두 무언가를 쌓아두고 삽니다. 말하지 못한 상처와 미루어둔 슬픔, 끝내 작별하지 못한 시간들. 그 더미 속에도 나름의 질서와 이유가 있다는 사실을 인정하는 순간, 비로소 사람의 얼굴이 보입니다.
"믿기지 않아서 계속 둘러보게 되네요."
그 말은 어쩌면 집이 아니라 자기 삶을 다시 바라보는 고백이 아니었을지요.

버림은 물건에서 끝나지 않습니다. 편견을 내려놓고, 낙인을 거두고, 한 사람을 다시 사람으로 바라보는 태도, 그 작은 전환이 우리 사회의 숨을 조금은 가볍게 해주리라 생각합니다.

걸레의 기분

쓰던 걸레를 언제쯤 버리면 좋을까? 청소부가 직업인 나라도 이 걸레는 낡았으니 그만 내버리자 선뜻 결정하기가 어렵다. 더럽고 후미진 구석을 후벼파느라 본래의 때깔이 사라지고 거무접접해진 걸레라도 하얀 세제를 가루약처럼 톡 털어 넣고 얼마간 맑은 물을 대주면 생생해진다. 구멍이 송송 뚫려도 좋고, 귀퉁이가 늘어나도 괜찮다. 아무려면 어때? 걸레라 그런걸. 다음 날을 위해 빨아서 잘 말린 걸레를 건조대에서 내려 가지런히 접어놓으면 뉘 집 자식과 다르지 않고 귀하디귀하다. 청소부는 그런 마음으로 매번 버리는 때를 놓치고 낡은 걸레를 끌어안고 사나 보다.

청소부로 전업한 후, 책상에서 일하는 사람을 만나면 사포처럼 거친 손바닥을 먼저 내밀지 않는 것을 인사법으로 정했다. 문학판, 출판계, 그동안 일하며 맺은 인연들은 여러 차례 휴대전화를 갈아치우고 통신사를 바꾸면서 점점이 사라지고, 연락처 목록을 펼치면 청소 용역 누구누구 씨의 이름으로 한참 동안 화면을 내린다. 전화번호와 계좌번호를 남긴 수많은 아무개 씨, 누군가에겐 무명일지도 모를 이름들이 마음 어둑한 곳에 별처럼 총총 박혀 있다.

"누님들은 청소하신 지 얼마나 되셨어요?"

일당 청소부로 전전하다가 명함을 내고 서툴게나마 사업을 시작하며, 또 다른 일당 청소부들을 불러내서 건넸던 질문.

"나? 청소 시작한 지 벌써 십 년이야."

한 사람이 선창하자 서로 얼굴을 돌아보며 "너는 몇 년, 나는 몇 년" 하며 웃음을 터뜨리던 모습이 눈에 선하다. 신출내기 청소사업자는 그 시절 함께 일을 하면서 그 너스레가 허세일 리 없음을 두 눈으로 똑똑히 보았다. 오늘 다시 똑같이 물어봐도 능청스레 "이래 봬도 나, 청소한 지 어언 십 년이라오."라며 웃음을 터뜨릴 진짜 청소의 달인들. 어설픈 내 청소력 십여 년으로는 감히 넘볼 수 없는 속도와 임기응변, 과감한 돌파력. 여전히 나는 그들의 그림자조차 따라 밟지 못하겠다.

도구 탓은 좀체 하지 않는 청소 용역 시장의 선수들도 따지는 것이 있다면 역시 걸레이다. 우리 같은 업자가 드나드는 청소용품 전문판매점에는 짜임이 촘촘하여 유리창 얼룩 따위를 지우는 데 요긴한 걸레, 성기지만 잘 찢어지지 않고 빨기 쉬워서 막 쓰는 걸레를 함께 판다. 얼핏 보기엔 하등 다를 바 없는 걸레의 용도를 누구도 구분해서 알려주지 않는다.

'돌돌이'라고 불리는 마루 광택기만 해도 바닥 표면의 재질에 따라 갈아 끼우는 패드의 종류가 얼마나 다채로운가. 화장실 한 곳이라도 변기와 세면대 같은 도기류, 수도꼭지와 배수관 같은 금속류, 벽과 바닥 같은 타일류, 오줌으로 샛노랗게 굳은 요석과 틈새에 낀 곰팡이에 쓰는 용액이 서로 다르다. 한집에 산다고 모두 같은 인격자가 아닌 것처럼 여기 한통속으로 쌓아둔 걸레라도 서로 다른 품(品)과 격(格)이 있다. 이름하여, 걸레의 품격.

때론 진공청소기조차 굳이 필요치 않다는, 이가 없으면 잇몸으로 물어뜯는다는 노장 청소부들도 일을 앞두고 걸레만큼은 세심히 골라서 미리 대야에 쟁여둔다. 잘 여문 걸레 몇 장과 '헤라'라고 불리는 여러 가지 모양의 칼날이 달린 긁개를 휘두르며 한나절쯤 집에 머물면 먼지와 묵은 때로 꾀죄죄한 곳도 어느새 환하고 번듯한 집으로 돌아온다.

"쓰던 걸레를 버리기에 가장 좋은 시기를 답하시오."

단 한 번도 기출된 바 없는 난제. 대학수학능력시험, 국가공무원 공개경쟁 채용시험, 폐지된 사법시험은커녕, 행정, 외무고시 어디에도 출제된 바가 없는 문제이다. 어쩌면 실용 학문보다는 철학과 형이상학 영역에서 다룰 유심론적인 화두인지도 모른다. 어떤 물건이건 쓸모를 다하고 가치가 떨어지면 버려지게 마련이지만 걸레란 아무리 험하게 쓴다 해도 결코 용도가 훼손되는 법이 없다. 때가 타고 너저분한 곳일수록 새 걸레보다는 얼룩덜룩하고 구멍 난 걸레를 먼저 앞세우게 마련. 전통 깊은 종교나 확고한 비전의 정치, 새롭게 떠오르는 어떤 대안보다도, 청소부는 낡은 걸레에 믿고 의지하는 바가 크다. '더 낡아빠지면 그때 버리면 그만일 테지.' 기대하는 바가 높지 않으니 더 자주 찾는다. 사정이 이러하니 걸레를 언제 버리냐는 화두는 불세출의 현자가 나타나서 해결하도록 잠시 미루어둬야 할 문제인지도 모르겠다.

대관절 걸레란 어떤 존재이기에, 걸레 당신은 정녕 누구시길래, 그토록 마구잡이로 집어 던지고, 바닥에 깔아서 흙발로 짓뭉개고, 구멍이 뚫리든 말든 뾰족한 갈고리 끝에 휘감아 창틀 구석구석을 마음껏 쑤시도록 허락하는가. 똥물이든 구정물이든 개의치 않고 휘뚜루마뚜루 온몸을 내던져 그저 흠뻑 받아들이기만 하는 존재, 과거도 모르고 미래를 기대치 않고 그저 주어진 상황을 최고의 선으로 살아가는 존재, 즉시에 머물며 처한 것과 그대로 하나가 되는 존재. 세상 물정 모르는 귀밑머리 새까만 청소부가 엎드려 섬겨야 할 것이 있다면, 저 바깥세상의 거룩하신 누군가가 아니라 지금 세탁기 회전통에 온몸을 맡기고 뱅글뱅글 돌아가고 계신 새파란 걸레이신지도 모르겠다.

"나는 청소 일이 좋아. 이 나이에 집에서 쉬고 있으면 몸이 아파."

내가 누님이라고 부르는 용역 청소부 중에선 칠순을 앞둔 분도 있는데 단 한 번도 노익장을 부리거나 누구라고 하대하는 것을 본 적이 없다. 하자면 하자는 대로, 더러우면 더러운 대로, "사장님께서 그러시다면 그렇게 하시오."라며 껄껄껄 웃을 뿐이다. 그 어른이 어느 날 아파트 8층 집 베란다에서 유리창을 닦다가 그만 창밖으로 걸레를 떨어뜨리고 말았다. 좀처럼 평정심을 잃는 법 없는 노장 청소부가 그깟 걸레 한 장 떨어졌다고 안색이 시뻘게진다.

"사장님, 저것을 어째요? 누가 가져가기 전에 얼른 주워 와야 하는데……."

"나뭇가지 위에 걸린 걸 어떡해요. 신경 쓰지 마시고 새로 꺼내 쓰세요. 지금 우리 할 일이 촌각을 다투는데……."

낮은 사다리에 올라 작은방 전등 하나를 닦고 왔더니 그 누님께서 온데간데없다. 일행에게 묻자 빙긋이 웃으며 갈고리 모양의 긁개로 콕콕 창 아래를 가리킨다. 걸레를 찾아오겠다며 그사이를 못 참고 일 층까지 내려간 것이다. 창밖을 굽어보니 나뭇가지에 걸린 걸레에 손이 닿을 리 없어 발을 동동. 위에서 보았을 때야 분명히 한참 아래에 있었겠지만, 그 아래까지 내려가서는 나무 위에 얹힌 걸레를 도리어 올려다보는 수밖에 없다. 이 바쁜 와중에 걸레 한 장 찾겠다고 일당백의 선수가 자리를 비우니 통솔하는 자는 기가 막힌다.

"에잇, 참!"

마지 못해 대걸레 자루와 젖은 걸레 몇 장을 챙겨서 따라 내려간다.

대걸레 자루를 한껏 늘여봤자 높다란 나뭇가지에 걸린 걸레에 닿기엔 부족하다. 남은 방법은 또 다른 걸레를 집어 던져서 나뭇가지를 뒤흔드는 것뿐. 걸레를 바쳐 조난 당한 걸레를 구한다니 휴먼원정대가 따로 없다. 그러나 마음먹은 대로 될 리가 있나. 휙 집어 던진 걸레는 도리어 아래 구석에 콕 처박힌다. 이번에는 다행히 대걸레 자루가 가지 밑동에 닿아서 박힌 걸레를 후드득 털어낸다. 애먼 걸레들이 수십 번 공중제비를 넘고 무고한 나뭇

잎이 여러 장 투신하고 나서야 나무에 얹힌 걸레가 무사히 구명된다.

"사장님, 수고하셨소. 우리 얼른 올라가서 일 끝냅시다."

입 다문 채 미간을 잔뜩 찌푸리고 서 있던 노장 청소부는 어느새 세상 다 가진 환한 표정이 되어, 오랜 산고 끝에 막 받아든 귀한 손녀인 양 걸레를 얼싸안고 엘리베이터를 향해 앞장선다.

우리 걸레님, 세세 무궁토록 영광 받으소서!

세상의 하고많은 도둑 중에서 청소부들은 유독 걸레 도둑을 언짢게 여기는 것 같다. 서로 얼굴도 모르는 낯선 팀이 전국 여기저기서 불려 와 합동으로 일을 맡는 대형 신축 아파트나 신흥 빌라 단지에서 준비해간 걸레의 숫자가 비지는 않을까 늘 노심초사한다.

"그깟 걸레를 왜 훔쳐 가느냐 말이야. 돈이 되는 것도 아니고……."

팀의 우두머리는 일을 시작하기에 앞서 "일동, 걸레 단속에 만전을 다 하라." 엄명을 내린다. 자기네끼리는

그깟 걸레라고 곧잘 부르면서도, 속내는 걸레 한 장이라
도 함부로 낮잡아 보지 않는 것이 청소부의 진짜 마음이
다. 알고 보면 정녕 귀한 대접받는 것이 걸레 아닌가.

오만과 망각을 고루 겸비한 나 같은 평범한 청소부는
평소엔 그 귀함 따위는 잊고 온갖 누추한 구석구석에 걸
레를 들이밀다가, 이내 더러워진 것을 빨고자 수도꼭지
앞에 설 때만은 잠시 제정신이 돌아와 걸레를 향해 두
손을 공손히 바친다. 걸레란 한 손만으로는 쥐기는 쉬워
도 빨기가 무척 어렵다. 왼손잡이든 오른손잡이든, 양손
을 쓰는 자라면 걸레를 빨 때만은 두 손을 모두 내드려
야 한다. 양손뿐이랴, 열 손가락 모든 마디를 오롯이 접
었다 펴면서 전신을 조몰락조몰락 주물러 드릴 때 걸레
는 기꺼이 원래의 자태로 돌아와 준다. 맑은 물만을 받으
며 전심(全心)과 진심(眞心)이 깃든 손길이 닿을 때 비로
소 희맑아지는 걸레의 자존심.
　　만약 오늘 당신의 기분이 더럽고 걸레 같은 심정이라
면?
　　"어쩌긴요. 정성스레 빨아 드려야죠."

귀한 것은 걸레만이 아니다. 사는 일에 찌들어 때 묻고 너덜거리는 마음도 맑은 물에 한동안 담갔다가 땟국물을 쥐어짜면 제법 생생하게 돌아온다. 다정한 눈길을 받고 때론 따사로운 손길을 거쳐 온정의 햇살 아래 깨끗하게 말려 놓으면 사납고 흉포해진 인간도 그런대로 순순해지고 또 얼마간 견딜 만해지는 법이다.

보세요. 거기 있는 당신 얘기입니다. 뉘 집 자식, 뉘 집 걸레라고 다르지 않아요. 정녕 귀한 것이 당신, 그리고 지금 이 순간 우리 걸레의 기분.

• 이 글은 매거진 〈페이퍼〉 2020년 겨울 특집호에 실렸습니다.

우리는 살다 보면 스스로를 걸레처럼 느끼는 날이 있습니다. 이리 저리 내던져지고, 더러운 것을 대신 받아내고, 누군가의 뒤처리를 묵묵히 감당한 날들. 그러나 가장 더러운 곳을 끝까지 닦아낸 것은 대개 새것이 아니라, 이미 수많은 얼룩을 견뎌낸 걸레 같은 것들이었습니다.

더러워졌다는 이유로 존재의 격까지 사라지는 것은 아닙니다. 더러워진 걸레를 두 손으로 정성껏 주무르면 다시 제 빛을 되찾는 것처럼요. 걸레를 언제 버릴지 망설이는 마음에도 어쩌면 연민이 아니라 존중이 숨어 있는지도 모릅니다.
사람의 마음도 크게 다르지 않습니다. 함부로 내치지 않고, 정성스레 씻어 다시 써 보는 마음이 우리를 조금 더 단단하게 붙들어 줍니다. 그리고 우리는 생각보다 자주, 다시 환해질 수 있는 존재입니다.

존재의 춤

"tanzt, tanzt, sonst sind wir verloren."

- Pina Bausch

"춤춰라, 춤춰라, 그러지 않으면 우리는 죽는다."

- 피나 바우쉬

어느 날 주어진 일은 청소용역 서비스업의 일상적 애환을 넘어 마음의 내밀한 곳까지 다가와, 평소와는 다른 생각의 실마리, 그 싹이 어떻게 돋고 자라는지 틈틈이 돌아볼 가치가 있는 성찰의 씨앗을 뿌린다.

작년에 오셔서 비워주신 곳인데, 일 년 만에 쓰레기는 산을 이루었고, 예산이 부족하여 전부를 맡길 수는 없으니 일단 화장실만이라도 해결해 줄 수 없냐는 문자 메시지를 받았다. 상대가 먼저 전체적인 문제를 언급하고서 스스로 부분적인 범위로 국한하는 것은 전체에 근접하는 서로 합의되지 않은 어느 모호한 지점에 대한 기대를 암시하지만, 내 편에서 먼저 알은체하지 않는다. 기대가 더 큰 기대로 불어 확신의 분수령을 넘는 것은 찰나이니 경험상 일단 입을 다무는 것이 서로에게 미덕이다. 하지만 마지못해 다시 연락할 수밖에 없었던 의뢰인의 심정을 헤아리자니 수돗가에 손을 내밀면 덩달아 젖어드는 겨울 소매처럼, 마냥 매정할 수만은 없다고, 할 수 있는 일이 눈에 띄면 하지 않을 재간도 없다고, 차츰차츰 무른 마음이 된다.

변기는 진작에 막혀서 사용하지 않은 지 반년이 넘었고, 아시다시피 그 안은 똥으로 그득하고, 이전에도 수시로 먹다 남긴 음식을 부은 적이 있다는 고백이 순순히 이어졌다. 고맙거나 안타깝게도 바로 그 지점에 나의 쓸모가 있다. 혈육도 배관업자도 부르지 못할 상황을 군말 없이 해결하고, 거주자가 귀가하기 전에 자신의 처소로 귀가해 줄 특수청소업자.

현관문을 열자 예전만은 못하지만 경이롭지 않다고 말하기는 어려운 규모의 쓰레기가 거실 여기저기에 쌓여 크고 작은 구릉을 이루고, 화장실의 변기 뚜껑을 올리자 이 세계의 주인은 나라는 듯 똥이 그 안을 면밀하게 장악하고 있다. 막힌 사실을 잊을 리 없지만 다급해지자 별다른 수가 없어 그 자리에 누적하고 누적한 결과이다.

업무 기록을 위해 휴대전화 촬영 모드의 화면 정중앙을 눌러 감노란 빛깔의 주인공에게 초점을 맞추고 한 컷 한 컷 정성스레 사진을 찍는다. 어쩌면 그 순간은 빛깔과 냄새로 자신을 증명하는 의기양양한 주체와 그 앞에선 입도 코도 뻥긋하기 싫은 심약하고 소극적인 객체가 영적인 교감이라도 하며 한결 가까워지는 시간인지도 모르겠다.

뜻밖의 영접으로 약간 혼미한 신도일지라도 부름을 받은 목적에 부응하려면 우선 모셔야 할 대상을 구체적으로 알고자 노력해야 한다. 공기층과 닿는 표면이 굳어 있으니 먼저 손가락이 들어갈 틈이 필요하다. 그간의 경험으로 추측하건대 밥솥에 눌어붙은 누룽지 같은 꾸덕꾸덕한 표피층을 뜯어내면 그 아래는 미술용 찰흙처럼 요령껏 매만지면 제법 바라는 바대로 피조물의 형상을 빚을 수 있을 법한 높은 점성의 형질이 있다. 그 밑으로는 다가오는 봄의 입술처럼 부드러운 진흙층이, 더 깊고 오목한 곳에는 비록 농도가 높고 냄새가 강렬하지만 질 퍽이는 수원지가 있을 것이다.

　푸른 방호복과 잿빛 방독면, 손에 착 달라붙는 파란색 의료용 장갑 위에 폭이 넓고 투명한 요리용 위생 장갑을 덧끼고 실재의 검증에 나선다. 끝이 뾰족하고 날이 선 청소용 스크래퍼를 들어서 개복 수술하는 집도의처럼 표피 가운데에 수직으로 긴 선을 긋고, 장갑 낀 오른손을 국자처럼 구부려 그사이를 헤집는다. 예상대로 상층부는 질그릇처럼 딱딱하고, 중상부는 점토처럼 단단하다. 행여 거친 부위를 비집다가 표피가 찢어져 속살까지 틈입할세라 몇 번이고 장갑을 갈아 낀다. 그 아래 보드라운 부위부터는 고형물을 다룰 때와는 다른 섬세함이 필요하다. 주르륵 흐르지 않도록 양쪽 손날을 단단히 붙여서 그러모으고, 봉투에 옮길 때는 바닥에서 튕겨 오르지 않도록 떨구는 높이에 주의해야 한다. 눈썹에 고인 땀이 여러 번 나뉘어 떨어지고 방독면 안으로 차오른 물이 숨을 내쉴 때마다 훌쩍인다.

그간 몇 번이나 실수를 반복하면서 경험이 생긴 일이라고 해도 쌓인 채 오랫동안 굳은 똥을 거두기는 쉽지 않다. 요령부득, 세월 속에 쌓아온 굳은 신뢰가 한순간 마음먹는다고 감쪽같이 도려낼 수 있는 것인가. 그러나 매일 직장에서 사람을 몸소 마주하며 하소연과 불평을 듣는 누군가의 업무에 비하면, 이 일은 저 바깥의 고난이 아니라 내가 살면서 공들여 축조해 온 더러움에 대한 편견을 마주하고, 혐오와 역겨움의 실체가 모호함을 스스로 하나둘 깨치는 것으로 일을 해나갈 힘을 얻는 평화로운 노무에 속하는지도 모른다.

변기에 차오른 것을 퍼내는 중에 손에서 벗어나 내벽을 타고 흘러내리며 새로이 아래쪽을 메운 것을 모두 들어내자 뜻밖의 상황을 맞닥뜨린다. 어른 남자 주먹만 한 크기의 구멍에는 그동안 위쪽을 뒤덮은 똥과 아래에 막힌 배관 사이에 갇혀 오르지도 내리지도 못한 수없이 많은 구더기가 갈색의 수렁에 빼곡히 들어박혀 온몸을 흔들고 있다. 정적인 작업 중에 별안간 마주한 격동적인 생명체 앞에서 숨이 턱 막힌다. 어디가 머리이고 꼬리인지 세부가 구분되지 않는 선형의 몸뚱이 전체를 흔들며 사력을 다해 춤을 추는 존재들. 배관 관통기를 대고 막힌 곳을 뚫자면 우선 손을 내밀어 저마저 건져내야 하는데, 살아있는 파리목 유충의 집단적인 궐기 앞에서 어떤 협상안을 내놓을 수 있을지 막막해진다. 피차 무슨 죄가 있나, 살고자 몸부림치는 것과 그걸 거두는 자에게.

내키지 않는 마음을 안추르고 고개를 돌린 채 손바닥을 뻗어 구멍에 깊숙이 담근다. 구더기들을 손에 쥐자 장갑 안쪽까지 고스란히 감촉이 전해지며 온몸의 체성감각이 날뛴다. 살아있기에 잠시도 몸짓을 멈추지 못하는, 연하고 몰캉거리는 것들. 뜨겁고 절실한 것을 거머쥔 자는 봉투에 대고 손가락을 아래쪽으로 펼치면서 그만 울컥하고 만다.

대정맥을 타고 심장으로 들어간 피가 우심방 우심실을 빠져나가 허파의 섬세한 필터에 걸러져 좌심방 좌심실로 돌아와서는 대동맥을 따라 신체의 말단까지 뻗어나가며 몸에 이로운 수많은 역할을 완수하고 심장으로

회귀하는 인체의 순환계처럼, 동식물과 인간이 속한 자연의 순환계 또한 통로와 구간 곳곳에 생명의 상호작용을 돕고자 온갖 고난을 버티며 암약하는 존재들이 있기에 지구는 오늘도 온전한 원을 그리며 큰 말썽 없이 굴러간다. 그 원환성의 세계에서 수시로 내몰리고 추방되는 것들, 귀한 역할을 맡지만 그다지 환대받지 못하는 존재에 대해서 한 번쯤은 증언하는 것이 목격자의 도리이리라.

사람과 동물이 죽으면 먼저 다가오는 것들이 있다. 부르지 않아도 내색 없이 찾아와서 조문하는 첫 번째 손님은 아마도 금파리일 것이다. 이미 존재하는 생물로부터 생물이 태어난다는 생물속생설은 지금은 보편적인 과학 상식이지만, 아리스토텔레스가 만물에 생명의 씨앗이 있다고 주장한 이래 진흙이나 동물 사체 따위에서 구더기가 독자적으로 태어난다는 믿음이 오랫동안 이어졌다. 장독 안에 구더기가 생기는 것은 집안에 못돼먹은 며느리가 들어왔기 때문이 아니다. 자연발생설에 대한 생물학적 오류가 하나둘 밝혀지면서 비로소 법곤충학이 태동할 수 있었다. 저 멀리서 냄새를 맡고 날아온 파리가 유기물질인 사체나 똥을 먹고 잉태하여 알을 뿌리면 그 자리에 구더기가 태어나고 세 차례의 살뜰한 발달 과정을 거치며 완전변태를 하기에 좋은 서늘하고 건조한 장소를 찾아서 번데기로 탈바꿈한다. 법의학자는 사망 현장에서 발견한 구더기와 파리의 크기를 관측하며 시간의 경과를 파악하고 사건의 진상에 도달하기 위한 과학적인 근거를 찾아낸다.

파리뿐 아니라 꼽등이와 등에, 공벌레, 벌, 거미, 딱정벌레, 쇠똥구리 따위가 죽은 동물과 그들이 살아있을 때 곳곳에 뿌린 배설물에게 다가와 주지 않는다면 들판과 산은 동물 사체와 똥의 전시장이 될 것이다. 게와 고둥, 불가사리, 모래무지벌레, 갯강구, 놀래기, 새우, 붕장어 따위가 역할을 게을리한다면 바다는 조수의 변화에 따라 온갖 죽은 물고기와 똥이 밀려왔다가 떠밀려가는 살벌한 풍경을 전망하는 장소가 될지도 모른다. 오늘도 세상이 평화로운 것은 우리 눈에 띄지 않는 곳에서 청소동물이 활약하며 물질의 분해와 순환에 이바지하기 때문이다.

사람이 죽어서 오래 방치된 곳의 문을 열면 허공에는 으레 파리가 윙윙거리고, 바닥과 벽 곳곳에 몸피 붙은 구더기가 줄줄이 기어다닌다. 특수청소의 실무를 막 익힐 무렵에 구더기 떼는 다루기 까다롭고 성가신 존재였다. 살생물제를 뿌리면 이내 추락하여 고분고분해지는 파리와 달리, 손쉽게 해치워볼 요량으로 함부로 빗자루를 내밀다가는 표피가 터지며 바닥을 물들이는 구더기 떼. 공들여 치워도 다음 날 아침이면 집구석 어딘가에 풍요의 뿔 코르누코피아라도 있는지 여봐란듯이 기어 나와 바닥 귀퉁이를 점령하고 있었다. 구더기는 한동안 꿈에도 수시로 등장하여 퍼담아도 퍼담아도 끝없이 불어나는 악몽의 주연이 되곤 했다.

청소를 직업으로 삼고, 어제와 다를 바 없는 몸짓이 오늘의 노동으로 이어지고, 한 해 동안 감당한 일이 새로운 한 해와 그 이듬해의 일로 고스란히 재현되는 것을 지켜보는 동안 부박하고 미련한 마음에도 시나브로 반성이 찾아왔다. 파리와 구더기는 이 지구 안에서 살아갈 수 있다면 언제 어디라도 함께하는, 서로 정 도타운 부모와 자식일 뿐이라는 생각이 들었다. 자식 앞에서 부모를 때려

잡고, 부모가 보는 곳에서 자식의 명줄을 끊는 비정한 존재가 나 같은 인간. 그리하여 깨닫게 된 것은 이들이 여기에 온 이유와 내가 이곳에 찾아온 목적이 본질적으로 같다는 것이다. 우리 모두 먹고살고자 여기에 청소하러 왔다. 동역자에게 필요한 것은 무엇보다 서로를 존중하고 그 역할을 인정하는 태도인지도 모른다.

　오늘도 존재는 온 힘을 다해 저마다 절실한 춤을 추고 있다. 나도, 당신도, 저 변기 수렁 속에서 꿈틀거리는 구더기도.

　비록 열렬한 박수갈채를 보내지는 않더라도, 세상의 진자리와 외진 곳에서 태어나 다만 살아가는 일에 여념이 없는 파리와 구더기가 우리 인간과 자연 앞에서 아무런 죄가 없음을, 같은 곳을 전전하는 자로서 이참에 분명히 밝히고자 한다.

변기 속 수렁에서 꿈틀거리던 것들을 마주하며, 혐오라 이름 붙이고, 손쉽게 밀어내고, 존재의 가치를 서열화하던 우리를 생각합니다. 그러나 그 자리에는 살고자 온 힘을 다해 몸을 흔드는 생명의 춤이 있었습니다. 저마다 주어진 몫을 수행하며, 보이지 않는 곳에서 세계의 순환을 떠받치고 있는 존재들.
파리와 구더기가 없었다면 들판과 바다는 이미 감당할 수 없는 무게로 썩어갔을 것입니다. 환대받지 못해도, 박수받지 못해도 그들은 제 할 일을 다합니다.

우리도 그들과 다르지 않습니다. 먹고살기 위해, 주어진 일을 감당하기 위해 저마다 절실한 몸짓으로 오늘을 살아냅니다.
적어도 밀어내지 않는 태도, 서로의 역할을 인정하는 마음, 그 존중이야말로 우리가 함께 살아가기 위한 최소한의 예의가 아닐지요.

3.
패배의 가능성에서도
계속 달리는 사람들

박산호

인생이라는 레이스

도가시라는 소년이 있다. 어릴 때부터 100미터 달리기만 나가면 1등이었다. 얼마나 압도적이었는지 초등학교 6학년 때 이미 전국 1위, '달리기 천재'라는 말이 과장이 아니었다. 경기에만 나가면 이기다 보니, 역설적으로 누구와 달려도 별다른 재미를 느끼지 못했다.

그러던 어느 날, 도가시는 엉망진창인 자세로 금방이라도 쓰러질 듯 헐떡거리면서도 끝까지 달리는 한 아이를 만난다. 이름은 고미야. 도가시는 절박하게 달리는 고미야를 위해 1대1 코칭을 시작한다. 훗날 그 아이가 자신을 잡아먹을 무시무시한 상대로 성장하리라는 사실은 꿈도 꾸지 못한 채.

이것은 며칠 전 본 일본 애니메이션《100미터》의 초반부다. 여기까지는 전형적인 스포츠 성장 서사처럼 보였다. 솔직히 말하면, 조금 익숙해서 지루하기도 했다. 그런데 두 소년이 '왜 달리는지' 이야기하는 장면에서부터 깊게 몰입하기 시작했다.

도가시는 묻는다. 왜 그렇게까지 달리느냐고. 고미야는 대답한다. 난 가진 게 하나도 없지만, 달릴 때만은 괴로운 현실을 모두 잊을 수 있다고. 그러자 평생 이기기만 한 도가시가 자신 있게 대답한다. 100미터 달리기를 누구보다 잘하면 대부분의 문제가 해결된다고. 그 대사를 듣는 순간, 슬며시 웃음이 비어져 나왔다. 정말 그런가. 인생이란 것이 그렇게 단순한가. 100미터 달리기 하나로 말할 만큼 만만한 것인가.
그렇게 승승장구하던 도가시는 어느 순간 벽에 부딪힌다. 경기에 나가면 이기긴 하는데 도무지 기록이 늘지 않는 것이다. 조금씩 초조해지기 시작한다. 그러다 달리기가 아니면 무엇으로 자신의 존재를 증명할 수 있을지 모른다는 두려움에 결국 달리기를 그만둔다.

이후 도가시는 달리기와 전혀 상관없는 고등학교에 들어간다. 하지만 어느 순간 자신이 빨리 달릴 수 있는 사람이라는 사실을 다시 깨닫고 달리기의 세계로 화려하게 복귀한다. 그러나 인생은 일직선으로 전력을 다해 달리기만 하면(도가시는 언제나 전력 질주 타입이었다) 승리하는 장르가 아니었다.

도가시는 전국 선수권 대회에서 고미야를 다시 만나 "이번에도 이겨줄게."라며 여유롭게 말했지만, 충격적으로 지고 만다. 그때부터 그의 인생은 내리막길에 들어선다. '내리막길'이란 표현은 도가시가 작품 속에서 스스로를 설명하면서 쓴 말이다.

영화는 그렇게 결정적인 패배를 당한 직후, 곧바로 10년을 건너뛰어 성인이 된 도가시의 모습으로 바뀐다. 그것도 세파에 닳고 닳아 지친 채 적당히 현실과 타협하다가 어딘가 조금은 비굴해 보이기까지 한 모습으로 등장해 충격을 안긴다. 인생이라는 경주에서 내내 이기기만 한 특유의 느긋하고 여유로웠던 소년의 모습은 희미하게 흔적으로만 남아있다. 성인이 된 그는 후원사와 간신히 재계약이 성사된 걸 기뻐하며, 담당자에게 굽신거린다.

그 장면에서 나는 마음이 저릿했다. 마치 응원하던 아이돌이 전성기를 지나 잔인한 현실 앞에서 어떻게든 자리를 지키려 애쓰는 모습을 보는 것 같았다. 그리고 번역을 하며 살아온 나의 지난 세월이 조용히 화면에 포개졌다.

문서 번역 2년, 영상 번역 반년을 거쳐 마침내 세상에서 가장 사랑하는 물체인 책의 세계에 들어가게 되었다. 잉크 냄새가 채 가시지 않은 새 책 표지에 작가 이름과 나란히 '역자'로 실렸을 때의 기쁨을 어떻게 설명할 수 있을까. 첫 번역서가 나왔을 때 일부러 서점에 가서 번역한 책을 직접 찾아 꺼내들고 설렜던 마음을 잊을 수 없다.

자기계발서였던 그 책은 운 좋게 베스트셀러가 됐고, 나는 동료 번역가들의 부러움과 축하를 한 몸에 받았다. 그 무렵 만난 동료 번역가 한 명이 이런 말을 했다.

"부럽다. 난 번역한 지 10년이 넘었는데, 내 번역서 중 유명해지거나 잘 팔린 책은 한 권도 없어."

그때 그 말에 어떻게 답했는지는 잘 기억나지 않는다. 좀 미안하기도 하고, 겸손해져야겠다는 생각이 들었던 것 같다.

하지만 첫 책의 성과는 오래가지 않았다. 몇 권의 번역서를 내고 나자 이른바 '죽음의 계곡'에 들어가게 됐다. 그것은 번역가로서 자리를 잡기 전까지 엄청난 생활고를 겪어야 하는 고난기를 뜻한다. 그 계곡을 통과하는 데 3년이 걸렸지만, 한 번 통과했다고 완전히 사라지는 것도 아니었다. 프리랜서 번역가는 경력에 상관없이 언제나 일이 끊길 수 있다는 불안에 시달리며 살아간다.

어쩌면 모든 직업이 그렇겠지만, 번역가들도 스스로에게 그리고 서로에게 치열하게 묻고 또 묻는다.

"왜 이 일을 계속하는가"

마치 영화 《100미터》에 나오는 선수들이 왜 달리는지를 끊임없이 자신에게, 그리고 서로에게 묻고 또 묻는 것처럼.

도가시는 100미터를 누구보다 잘 달리면 모든 문제가 해결된다고 믿었다. 하지만 그 압도적인 능력을 잃은 뒤 지난 10년을 죽은 것처럼 살아왔다. 한편 고미야는 달리는 이유를 깊이 생각하지 않은 채, 그저 남들보다 빨리 달리겠다는 목표만 보며 괴물처럼 달렸다. 그런가 하면 압도적인 강자인 전국 1위의 자이쓰에게 매번 밀려 만년

2인자라는 오명을 쓴 채 달리는 가이도라는 선수도 있다. 자이쓰는 살아있으니 달린다는 철학이 있지만, 어느 순간부터 회의가 들기 시작한다. 곁에서 함께 달리는 선수가 없을 때 찾아오는 고독과 허무를 느끼기 시작한 것이다. 이처럼 100미터 달리기에 참여한 선수들의 태도는 인생을 대하는 우리의 태도와 닮아 있다.

첫 번역서가 베스트셀러가 됐을 때, 나를 부러워하던 번역가는 이미 업계를 떠난 지 오래다. 사실 그 무렵 번역가 카페를 통해 만난 동료들 대부분이 그만뒀다. 지극히 소박한 번역료를 받고 하루 종일 컴퓨터 앞에 앉아 작은 외국어 활자들을 한국어로 옮기는 일은 결코 쉽지 않다. 어깨와 눈과 허리가 고장 나 주기적으로 병원에 가고, 마감과 마감을 따라다니다 보면 꽃 피는 봄이 지나 눈 내리는 겨울이 왔다는 걸 겨우 알아챈다. 그렇게 고생한 번역서가 잘되면 작가가 조명을 받고, 잘 안되면 번역이 안 좋아서 그렇다는 타박을 듣는 일도 허다하다. 돈도 못 벌고, 영광도 없고, 책도 안 팔리고. 요즘은 인공 지능에 밀려서 도태될 것 같은 위기에 처한 번역이란 일.

"우리는 왜 이 일을 계속하는 걸까?"

10년이라는 긴 슬럼프에 빠져 허우적거리던 도가시는 만년 2인자인 가이도 선배에게 조언을 청한다. 가이도는 단순한 조언을 건넨다. 현실을 직시하라고. 너는 그동안 현실을 본 게 아니라 회피한 거라고. 설령 현실에서 도망치더라도 현실이 뭔지 정확하게 알고 있어야 한다고. 그 말을 들은 도가시는 다시 트랙으로 돌아온다. 아침에 눈을 뜨면 달리고, 밥을 먹고, 틈틈이 스트레칭을 하고, 다시 잠들고, 또 달린다. 다시 밥을 먹고, 스트레칭을 하고 다시 달리기를 반복하며 새롭게 결의를 다진다.

그렇게 조금씩 전성기의 실력을 회복하려는 찰나, 근육에 이상이 생긴다. 더 이상 대회에 참가하면 안 된다는 의사의 진단에, 그는 땅바닥에 주저앉아 오열한다.

"달리기에서 중요한 건 이기는 게 아니라 져도 괜찮다고 생각하는 마음이야. 달리기에 인생을 걸 필요는 없어. 고작 달리기 따위에."

말은 그렇게 하지만 눈물은 멈추질 않는다.

그 장면을 보며, 이제 다섯 손가락에 꼽을 정도로 남은 번역가 동료들을 떠올렸다. 가끔 만나면, 우리는 20

년 넘게 오르지 않는 번역료에 대해, 아무리 안간힘을 써도 팔리지 않는 책에 대해, 해가 갈수록 침침해지는 눈과 뻐근한 어깨와 쑤시는 무릎과 허리에 대해 이야기한다. 그러면서도 결국 다시 책을 이야기한다. 어떤 책이 재밌더라, 역시 글은 어떤 작가가 최고더라, 출판사의 의뢰는 점점 줄어들지만, 그래도 이런 책이 독자들의 사랑을 받지 않을까 하면서.

어쩌면 우리는 이미 알고 있는지도 모른다. 이 일이 우리 인생의 전부는 아니지만, 그렇다고 아무것도 아닌 일은 아니라는 것을. 결국 우리가 번역가로 살아올 수 있었던 것은 책을 사랑하고 번역을 사랑했기 때문이라는 사실을.

한 자 한 자 정성스럽게 옮기다 보면, 잠시 현실을 잊는다. 너무 어려워서 한 문장을 붙들고 한 시간씩 씨름하며 울며 작업한 책도 있지만, 따뜻한 바람이 부는 오솔길을 산책하는 것처럼 즐겁게 옮긴 책이 더 많았다. 벚꽃이 막 필 때 시작한 책이 온몸에서 땀이 흐르는 여름을 지나 마무리될 즈음이면, 책 속 인물들과 정이 들어 헤어지기 아쉬울 정도였다. 그럼에도 이렇게 애써 완성한 책은 뜻밖의 사랑을 받는 날보다 처참하게 외면받은 경우가 더 많았다.

번역가들은 현실과 책 속 세계라는 두 개의 세계를 오가며 살아간다. 현실에서 괴로운 일이 있을 때면 책에서 위로받고, 책 때문에 괴로울 때면 가족이나 친구들과 맛난 걸 먹고 힘을 내서 인생을 통과해 왔다.

영화에서 자이쓰는 계속 이기기만 하는 지루함과 허무를 이기지 못해 전국 대회 도중 은퇴를 선언한다. 남은 선수들에게 해줄 말이 있냐는 기자에게 이렇게 말한다.

"인생은 패배할 가능성으로 가득 차 있습니다. 그곳에 삶의 묘미가 있죠. 여러분이 달리는 10초 안에는 희망과 절망, 불안과 기대, 설렘과 실망이 다 들어 있습니다. 그 10초를 최대한 즐기세요."

한편 도가시는 이번 대회에 나가면 평생 못 달릴지도 모른다는 의사의 경고를 알면서도, 마지막 레이스에 참가한다. 그리고 그곳에서 고미야를 만난다. 기록에만 집착하다가 달릴 이유를 잃었다고 말하는 고미야에게, 도가시는 부드럽게 이야기한다. 전력을 다하기 위해 달리는 게 인생이라고. 진심으로 전력 질주하는 기쁨을 느껴 보자고.

100미터만 잘 달리면 인생의 문제 대부분이 해결된다고 했던 어린 도가시는 온몸으로 패배를 통과한 끝에 이런 지혜에 다다랐다. 도가시와 고미야가 나란히 결승점을 향해 달리는 마지막 장면을 보며, 눈물을 흘리고 말았다. 이제야 나도 어렴풋이 인생이 뭔지 알 것 같아서였다.

언제나 바라던 기대는 이루어지지 않고, 극히 드물게 찾아온 빛나던 순간은 허무할 정도로 금방 끝나버린다. 그리고 다시 시지프스의 노동처럼 한 자 한 자 옮기는 지루한 노동이 끝없이 이어진다. 그러나 그 속에서 펼쳐지는 이야기의 세계 속에서 나는 살아왔다.

승자가 누군지 끝내 알려주지 않는 이 영화는 그래서 더 완벽했다. 결국 고미야의 말처럼 인생이란 레이스는 빠르다고 얻는 것도, 느리다고 잃는 것도 없을 테니까. 그저 주어진 시간을 전력으로 살아내는 것이 가장 멋진 결말일 것이다. 전력으로 100미터를 달릴 때 느껴지는 충만감처럼.

인생이 레이스라면, 지금 우리는 각자의 트랙을 달리고 있습니다. 누군가는 앞서 있고, 누군가는 따라가고, 어느 날은 멈춰 서기도 하면서요.

그러다 우리 모두 끝내 깨닫게 되는 것은 속도보다 중요한 것이 있다는 사실입니다. 기록이 늘지 않아도, 성과가 보이지 않아도, 그 자리에 서서 다시 신발 끈을 묶는 마음, 패배할 가능성을 알면서도 전력으로 한 번 더 달려보려는 마음입니다.

한 문장이 막힐 때마다 지워보고, 고쳐 쓰고, 다시 읽어보며 조금씩 앞으로 나아가는 일. 인생도 아마 그렇게 한 줄씩 번역하듯 통과하는 일일 테니까요.

이기는 날보다 아무 일도 일어나지 않는 날이 훨씬 많습니다. 그래도 책상 앞에 앉아 다시 한 줄을 옮기는 마음, 그것이 제가 배운 달리기입니다.

이기기 위해서만 달리면 언젠가 멈출 이유가 생깁니다. 그러나 살아있음을 느끼기 위해 달린다면 속도는 조금 느려도 괜찮습니다. 패배를 통과한 뒤에도 다시 출발선에 서고 싶습니다. 그리고 그 전력의 순간을 기꺼이 살아내고 싶습니다.

자기만의 세계를 가진다는 것

입골 살에 글을 깨친 뒤 나는 늘 책에 빠져 지냈다. 아버지가 계몽사 외판원이셔서 가난한 살림이었지만 책만큼은 마음껏 들일 수 있었다. 그러나 중학교에 들어가면서 상황은 달라졌다. 대학교 입시라는 이름 아래 책 읽기는 사치가 되었다. 읽고 싶은 욕망을 눌러가며 문제집을 풀던 시간들. 마침내 대학에 입학하자 봉인되었던 갈증이 한꺼번에 풀리며, 그야말로 미친 듯이 책을 읽기 시작했다.

그 무렵 내게 찾아온 화두가 하나 있었는데, 바로 '나의 세계는 무엇인가'라는 것이었다. 때마침 읽고 있던 《데미안》의 한 문장에 사로잡히면서 시작된 고뇌였다.

"새는 알을 깨고 나온다. 알은 세계다. 태어나려는 자는 한 세계를 파괴해야만 한다."

책은 많이 읽었지만 현실 경험이 턱없이 부족했던 나는 이 문장을 앞에 두고 자주 길을 잃었다. 나의 알은 무엇인지, 깨고 나가서 직면해야 할 세계는 어디인지, 그리고 다시 세워야 할 나의 세계는 어떤 모습이어야 할지, 알지 못한 채 우왕좌왕했다. 그럼에도 '나의 세계'라는 말은 마치 절대반지처럼 내 삶을 이끄는 하나의 목표이자 나침반이었다. 그러다 나이가 들고 사는 일이 바빠지면서 그 질문도 조금씩 흐려졌다.

그러다 최근, 요리 예능 프로그램 《흑백 요리사》의 준결승전을 보던 중 문득 그 세계를 알 것 같은 순간이 찾아왔다. 지난 시즌에서는 쟁쟁한 요리사들의 우열을 가리기 위한 음식 재료로 두부가 선정되었는데, 이번 시즌의 과제는 당근이었다. 하나의 재료를 놓고 한식, 중식, 일식, 파인 다이닝, 사찰 음식 전문가가 30분 안에 요리를 완성하는 미션이었다.

그 짧은 시간 안에 극도로 집중해서 요리하는 모습을

숨죽이고 바라보는데, 그 모습이 너무 멋져서 할 말을 잃었다. 다들 자기 요리에 집중하느라 누가 뭘 하는지, 어떻게 하는지, 얼마나 빨리 하는지 신경도 쓰지 않는 것 같았다. 넓은 조리실 안에서, 조리대 하나의 간격을 두고 서 있었지만, 모두 자신의 성에서 오로지 자신의 일에만 집중하고 있었다. 그 순간, 몹시 부러운 마음과 함께 탄성이 흘러나왔다.

"와! 멋지다. 저것이 바로 저들의 세계구나."

그들의 멋진 모습을 보고 있으니, 얼마 전에 본 유튜브 쇼츠 하나가(고백하기 부끄럽지만, 나에게는 쇼츠 중독이라는 몹쓸 병이 있다) 떠올랐다. 최근 큰 구설에 오른 한 연예인의 미래를 맞혔다고 해서 화제가 된 역술가의 영상이었다. 썸네일 문구가 '나이들수록 관상 좋은 사람들의 특징'이었다(그렇다, 나는 이런 문구에 쉽게 낚이는 스타일이다). 영상의 요지는 단순했다. 어떤 한 분야에 정진하고 몰입해서 일정한 성취를 이루거나 자신의 현재 위치와 상관없이 맡은 일을 정성스럽게 해낸 사람에게는 기세와 격이 있다는 것. 그리고 그런 사람들의 운은 점점 좋아진다는 이야기였다.

그럴싸하지만, 그다지 새로운 이야기는 아니잖아, 라는 생각에 잠깐 심드렁했는데, 흑백 요리사에 나온 프로들의 얼굴을 보니 역술가의 말이 무슨 뜻인지 비로소 이해가 되었다. 한식, 중식, 일식, 양식, 사찰 음식. 분야는 다르지만, 자신의 작업에 극도로 몰두하는 모습에서 범접할 수 없는 아우라가 풍겼다. 당근이나 두부라는 언뜻 보기에 평범하고 밋밋하기 그지없는 재료 하나만 주어져도 그 재료의 특성을 완벽하게 파악하고, 그에 따른 수십 가지 요리법을 머리와 몸으로 체화한 사람들, 몇 년 혹은 몇십 년의 시간을 겹겹이 쌓아올려 마침내 하나의 '작품'을 만들어 내는 사람들. 그들을 보며 자기만의 세계가 있다는 게 얼마나 대단한 일인지, 또 한편으로 그런 세계가 있다는 것이 얼마나 든든한 일인지 생각했다.

그러다 문득 놀라운 생각이 스쳤다. 일곱 살에 처음 책이라는 세계에 들어온 후 중간에 이런저런 이유로 잠깐의 공백이 있었지만, 나는 언제나 책의 자리로 다시 돌아왔다. 대학교 시절에는 그저 책이 좋아서 문학 동아리에서 소설을 읽고 토론하며 글을 썼고, 졸업 후에도 손에서 책을 놓지 않았다. 또 통역사가 되기 위해 20대 후반을 영어 공부에 통째로 갈아 넣었을 때도 결국 독서력에 도움을 받았다. 그러다 30대에 번역가가 되어 세상 그 무엇보다 좋아하는 책을 읽고 옮기는 일을 하게 되었다.

당장 이번 달 카드값을 걱정하면서도 보고 싶은 책은 죄책감 없이 사서 읽고, 또 쟁였다. 그러면서 출판사에서 의뢰한 책을 끝없이 읽고 번역했고, 남의 글을 읽는 것만으로는 풀리지 않는 마음을 토해내기 위해 에세이를 쓰고, 칼럼을 쓰고, 인터뷰를 하다 마침내 소설까지 쓰게 되었다. 나만의 세계를 가지고 싶다고 절실히 갈구하던 청춘의 나는 어느새 '글이라는 세계'를 차곡차곡 쌓아올리고 있었던 것이다. 여기까지 생각이 미치자 희열이 느껴졌다.

이 나이쯤 되면 하나쯤 있을 법한 명품백도 없고, 집도 없고, 지병까지 얻었지만, 그 어떤 부자나 권력가나 유명인을 만나도 위축되거나 주눅 들지 않는다. 내게는 책이라는 세계와 글이라는 무기가 있기 때문이다.

오랜 시간 읽고 쓴 덕분에 인생과 인간을 바라보는 아주 작은 통찰과 안목도 생겼고, 무엇보다 그 어떤 불행이 닥쳐와도 그걸 견딜 수 있는 맷집과 그 불행이 그저 불행으로만 끝나지 않고 언젠가는 큰 힘이 되어 나를 구원할 자산이 될 수 있다는 것도 알게 되었다.

화면 속 흑백 요리사들도 그랬다. 결승 전 최후의 미션인 당근 지옥에서 끝내 살아남지 못한 요리사들은 경기장을 빠져나가며 말했다. 자신이 만든 음식을 세상에 알릴 수 있어서 기쁘고 신났다고. 경쟁에서 졌다고 해서 그들의 음식이 다른 경쟁자들의 그것보다 격이 떨어진다거나 맛이 없다고 생각하는 사람들은 없을 것이다. 그저 심사의 기준이 달랐을 뿐.

무엇보다 그들이 지금까지 쌓아온 세계는 이 한 번의 패배로 흔들리지 않는 견고함 위에 세워져 있다. 오히려 그들은 이번 도전 덕분에 조금 무뎌져 있던 감각이 다시 살아났다고 기뻐했다. 그들의 눈빛은 생생하게 빛났고, 표정에는 힘이 넘쳤다. 자기만의 세계를 가진 사람들의 얼굴이었다.

일본 작가 소노 아야코의 《약간의 거리를 둔다》에는 이런 말이 나온다.

"내가 기쁨을 느끼고 즐거워하는 일에서 타인이 흉내 낼 수 없는 나만의 완성도를 갖춰놓는 것이 바로 성공적인 인생의 기준점이다."

그는 그것을 '성공'이라고 표현했지만, 내게 그 말은 '자기만의 세계'와 더 가깝다. 나만의 세계가 있으면 소셜 미디어에 나오는 타인의 벼락 같은 성공을 보고도 흔들리지 않는다. 코인이나 부동산이나 주식으로 순식간에 부를 얻기도 하는 요즘, 얼굴도 모르는 타인과 비교하며 불행해지지지 않으려면 나를 붙들어 줄 단단한 자리가 필요하다. 나에겐 그것이 매일 읽는 책이자, 매일 쓰는 글이며, 오랜 세월 쌓아온 번역이라는 일, 곧 나의 세계다.

우리 모두에게는 저마다의 다른 세계가 있을 것이다. 매일 찾아가서 밥과 물을 주며 애정을 주고받는 길냥이들이 그 세계가 될 수도 있고, 매일 정성스럽게 지어서 나에게 먹이는 집밥이 그 세계가 될 수도 있다. 또 매일 비가 오든 눈이 오든 굴하지 않고 새벽에 일어나 운동화 끈을 묶고 나가서 달리는 일이 나의 세계가 될 수도 있다.

그것이 무엇이 되었든, '나의 세계'는 한 치 앞을 짐작할 수 없는 요즘 같은 세상에서 나를 지켜주는 마지막 방패가 되어줄 것이다. 그 안에 있으면, 비교 대신 집중하고, 질투 대신 평온함을 얻을 수 있을 것이다. 그 세계가 있기에 타인을 향한 질투나 시기나 분노에 쉽게 매몰되지 않을 수 있다. 그러니 거창하지 않아도 좋다. 조금 느려도 괜찮다. 지금처럼 나를 가장 나답게 만드는 일 하나를 오래 붙들며 천천히 정성스럽게 가꿔보려고 한다.

자기만의 세계는 어느 날 갑자기 완성되는 성이 아니라 하루치 분량만큼씩 쌓이는 문장에 가까운 것 같습니다. 누가 더 빨리 성공했는지, 누가 더 많은 것을 가졌는지에 마음을 빼앗기지 않고 다시 자신의 자리로 돌아올 수 있는 힘, 한 권의 책을 끝까지 읽는 시간, 한 문장을 고쳐 쓰는 고집 같은 거요.

오래 읽고 오래 쓰다 보니 어느새 내 안에도 나만의 세계가 생겼습니다. 남과 비교할 때는 늘 부족해 보이던 시간이 나를 지탱하는 바탕이 되었고, 책상 앞에서 보낸 무수한 날들이 나를 단단하게 만들었습니다.

흔들릴 때마다 펼쳐볼 책이 있고, 막막할 때마다 써 내려갈 문장이 있다면 세상의 속도에 휩쓸리지 않겠지요. 나는 오늘도 책상 앞에서 그 일을 하고 있습니다.

어떤 무례함에 대하여

나는 무라카미 하루키의 글을 좋아한다. 그중에서도 특히 그의 에세이를 좋아한다. 이렇게 말하면 손뼉까지 치며 동조하는 이들이 많다.

"그렇지, 하루키는 에세이지!"

물론 소설가로서의 하루키를 감히 폄하할 생각은 없다. 나는 20대부터 이른바 '하루키 월드'의 자장에서 자라왔으니까. 대학교 때 《상실의 시대》를 처음 읽고, 하루키에 입문한 후 그의 신작이 발표될 때마다 설레는 마음으로 서점에 달려갔다. 그리고 당장이라도 페이지를 펼쳐보고 싶은 마음을 꾹 누르고 주말까지 기다렸다가, 주말 하루를 통째로 비워 그의 소설 속으로 기꺼이 잠수했다. 소설을 다 읽고 나면 내가 있는 곳이 현실인지, 하루키가 만들어 낸 허구의 공간인지, 잠시 분간이 되지 않아 남은 하루를 멍하니 보내곤 했다.

그런데 내게 더 오래 남는 건 소설보다 에세이였다. 《먼 북소리》를 읽으며 유럽 여행을 꿈꾸기 시작했고,《달리기를 말할 때 내가 하고 싶은 이야기》를 읽으며 나도 달려볼까 진지하게 고민했다.《직업으로서의 소설가》는 두 번 읽었는데, 소설을 쓰기 전 읽었을 때와 소설을 쓰고 난 후 읽었을 때의 느낌이 사뭇 달랐다. 처음 읽었을 때는 '아, 역시 하루키답게 산뜻하면서도 실용적이고 재미있다.' 정도의 감상이었다. 그런데 두 번째 읽었을 때는 선배 작가의 무수한 꿀팁을 채집하는 기분으로 엄숙하게 메모까지 해가며 읽었다.

그중에서도 지금까지 마음에 남은 하루키의 조언이 있다. 정확한 표현은 기억나지 않지만, 소설가는 어떤 인물을 볼 때 판단하거나 평가하려 하지 말고, 있는 그대로를 바라보는 태도가 중요하다는 요지의 말이었다. 처음에는 솔직히 그 말이 잘 와닿지 않았다. 우리는 늘 좋고 나쁨을 가르고, 옳고 그름을 재단하며 살아가는데, 판단하지 않는다는 게 가능하긴 한 걸까. 하지만 오랜 시간이 흐른 지금, 하루키의 말이 새로운 의미로 다가왔다.

예를 들면 이런 것이다. 얼마 전부터 시작된《흑백 요리사》시즌 2에서 흑수저 팀의 한 요리사를 보며 불쾌감을 느낀 적이 있다. 그는 백수저 팀의 한 요리사와 경합을 벌이게 됐는데, 요리를 시작하기 전에 기 싸움을 하는 과정에서 일어난 일이다.

"선배님이 일하신 레스토랑의 셰프님이 선배님보다 제가 훨씬 실력이 낫다고 하셨습니다."

두 요리사는 시기는 다르지만, 미국의 한 유명한 레스토랑에서 일했던 경험이 있다. 백수저 요리사가 선배고, 흑수저 요리사가 후배였는데, 흑수저 요리사가 느닷없이 이렇게 선빵을 날린 것이다.

그때 화면에 잡힌 백수저 요리사의 당황한 표정을 잊을 수 없다. 자신이 스승으로 모셨던 분이 후배 요리사에게 그런 말을 했다는 걸 알았을 때 그의 마음은 어땠을까. 그는 경합해서 패배했다. 물론 후배인 흑수저 요리사의 실력이 압도적으로 뛰어났을 수도 있다. 그러나 아무리 경합이더라도 상대에게, 그것도 선배에게 그렇게 상

처를 주는 말을 해야 했을까. 그 장면 이후, 나는 한동안
그 흑수저 요리사를 고깝게 여겼다.

　그러다 어느 날 문득, 하루키의 말이 떠올랐다. 소설가
는 기본적으로 한 인간을 어떤 잣대나 가치로 판단하지
말고 있는 그대로 바라봐야 한다는 말. 에세이스트로서
의 나는 문제의 흑수저 요리사가 보인 태도를 비난하는
글을 쓸 수도 있을 것이다. 또 노골적으로 출연자의 감정
을 드러내는 프로그램의 구조를 비판하고, 시청자들을
자극하기 위해 출연자의 감정 따위는 고려하지 않는 냉
혹한 시스템 자체를 분석하는 글을 쓰며 분개한 마음을
쏟아낼 수도 있을 것이다.
　그러나 소설가라면 어땠을까. 그런 태도는 분명 실격
일 것이다. 소설가라면 아마 흑수저 요리사를 '무례한
후배'로 단정하지 않았을 것이다. 오히려 그 캐릭터를 흥
미롭게 바라보며, 그가 왜 그런 말을 했는지, 그가 지닌
야심과 평소 성격, 그리고 왜 그런 말을 하게 되었는지,
그 말 속에 열등감이나 어린 시절의 실패의 경험이 있는
건 아닌지, 여러 각도로 상상해 보며 다양하고 입체적인

이야기를 만들어 내려고 시도했을 것이다. 결국 소설은 하루키의 말처럼 인간의 다면적이고 복잡한 사정을 다루는 것이지, 뭐가 좋고 뭐가 나쁘다거나 뭐가 옳고 뭐가 그르다고 판단하는 장르는 아니다.

그런 생각을 하자, 내가 왜 그 장면에 그렇게 감정적으로 반응했는지 조금씩 보이기 시작했다. 의기양양한 흑수저와 풀이 죽어 보였던 백수저의 경합에 감정적으로 몰입했던 이유는 최근에 몇 번 겪었던 에피소드 때문일지도 모른다.

며칠 전 카페에서였다. 원고를 쓰고 나오는데, 내가 문을 밀어서 열려고 하는 순간, 한 커플이 문을 밀고 들어왔다. 좁은 문간에서 잠시 어색한 정적이 흘렀다. 한쪽이 빨리 비켜줘야 했기에 무심코 여자가 밀어준 문을 통해 나갔는데, 옆에 있던 남자의 말이 내 귓가에 꽂혔다.

"문은 너가 열었는데, 왜 저 아줌마가 먼저 나가는 거야?"

그 순간 어찌나 얼굴이 화끈거리던지 등 뒤로 수군거림이 쫓아오는 것만 같았다. 그 찰나의 상황에서 어떻게 행동하는 게 적절했는지는 지금도 확신할 수 없다. 하지만 설사 내가 무례하게 보였다고 해도 앞에서 그렇게 말할 필요까지 있었을까 하는 생각이 떠나지 않았다. 앞으로 그런 상황이 닥치면 다시 백스탭으로 카페 안으로 들어갔다가 문가에 아무도 없을 때 나와야겠다고, 소심한 나는 다짐하고 또 다짐했다. 결국 나는 그 카페에 발길을 끊었다. 그래, 나는 이렇게 소심한 사람이다.

또 얼마 전에는 급한 원고 마감을 위해 제주도에 다녀왔는데 비행기에서 비슷한 경우가 있었다. 그날따라 비바람이 심해서 비행기가 두 시간이나 연착했다. 공항에 지인이 마중 나오기로 했던 터라, 공항에 도착하자마자 마음이 불안했다. 더욱이 애타게 기다리고 있는 문자를 보자 마음이 더 초조해지기 시작했다.

비행기 문이 열리고 사람들이 줄을 서서 내리기 시작했다. 창가 자리였던 나는 옆에 앉은 커플이 일어나기만 기다렸는데, 그들은 움직일 기색이 없었다. 답답한 마음에 옆에 앉은 여자에게 말을 건넸다.

"죄송하지만, 지금 급한 사정이 있어서 먼저 나가도 될까요?"

그런데 그녀는 내 말을 들은 척도 하지 않았다. 혹시 못 들었나 싶어 다시 한번 말했지만, 역시나 내 말을 들었다는 표시조차 없었다. 답답한 내가 통로 쪽에 있는 남자에게 말했더니, 옆에 앉은 여자가 도대체 뭘 어쩌라는 거냐며 화를 내는 것이 아닌가.

그 순간, 마치 뺨을 맞은 듯 멍해졌다. 내가 그렇게 무례한 부탁을 한 걸까. 사정이 있어서 그렇다고 구구절절 설명했는데도, 또 민폐를 끼친 아줌마가 된 건가. 그날 일은 제주에서 원고를 쓰는 내내 불쑥불쑥 머리를 치켜들고 나를 괴롭혔다.

카페에서의 일과 비행기에서의 일, 두 가지 에피소드를 계기로 나는 매너를 바라보는 세대 간의 차이를 생각하게 됐다. 내가 적절한 예의라고 생각하는 것이 젊은 세대에게는 전혀 다른 의미일지도 모른다는 생각, 그러면서도 한편으로는 세대를 초월해 통하는 인간적인 배려나 예의가 있지 않을까, 고민했다.

내가 무례하다고 느끼는 지점과 그들이 무례하다고 느끼는 지점이 달랐을지도 모른다. 어쩌면 우리는 각자의 세계에서 각자의 규칙으로 서 있다가 잠시 부딪힌 것 뿐일지도 모른다.

다시 흑백 요리사로 돌아와 최근에 요식업계 사정에 정통한 지인들과 만나서 이야기를 나눌 기회가 있었다. 우리의 화제는 자연스럽게 흑백 요리사로 넘어갔고, 한 지인이 먼저 문제의 그 흑수저 요리사에 대해 어떻게 생각하느냐고 물었다. 나는 은근슬쩍 대답을 회피하며, 그 요리사의 실제 모습이 어떤지 되물었다. 방송 편집이 악마적이어서 그렇지, 실제로는 후배들을 잘 챙기고 성실한 사람이라는 대답이 돌아왔다. 그 말을 듣는 순간, 나는 그에 대한 내 마음속 의견을 수정했다. 그리고 몇 장면만 보고, 그를 무례한 사람이라고 못박은 나의 무례함을 반성했다.

사실 카페에서의 일도, 비행기에서의 일도 머리를 싸매고 고민할 만큼 큰 사건은 아니었다. 그러나 인생은 대개 이런 사소한 순간들로 이루어져 있고, 불쾌한 순간보다 기분 좋았던 순간을 늘려야 하기에, 한 번쯤 내 인생의 태도와 사고방식을 점검하는 일이 필요하다. 내게 있어 그 균형을 잡아주는 건 순간의 단상을 잡아채서 글로 옮기고픈 유혹을 느끼는 에세이스트로서의 충동과 인간을 있는 그대로 보고 관찰하면서 판단하지 않고 묘사하는 소설가로서의 태도일 것이다. 이렇게 소소한 고민을 계속하는 한, "나는 아주 이상한 어른은 되지 않겠지" 하며, 오늘도 나를 믿어보기로 한다.

우리는 하루에도 몇 번씩 누군가를 쉽게 규정하고 싶은 충동과 마주합니다. 무례한 사람, 버릇없는 사람, 예의 없는 사람, 이해할 수 없는 사람이라고요. 누군가를 향한 나의 빠른 판단은 결국 내가 속한 세계의 공기를 만듭니다.

그러나 한 장면이 한 사람의 전부가 아니며, 몇 마디 말이 그 삶의 맥락을 다 담고 있지도 않습니다. 나의 상처는 분명 소중하지만, 그 상처를 근거로 타인을 단정하는 순간, 내가 또 다른 무례를 저지르고 있을지도 모르고요.

한 사람을 쉽게 낙인찍는 태도가 쌓이면 그것은 개인의 문제가 아니라 사회의 얼굴이 됩니다. 무례함을 줄이는 가장 빠른 길은 어쩌면 내 판단의 속도를 조금 늦추는 것이 아닐까요.

나는 작가로서 인간을 끝까지 이해하려 애쓰는 사람이고 싶습니다. 사람을 쉽게 번역하지 않는 마음이 우리가 서로를 대하는 방식이 되기를 바랍니다.

4.
그래도 된다고
말하는 마음

이은주

오늘 하루도
무너지지 않기 위해

무너지지 않기 위해 우리는 어떤 태도를 선택해야 할까. 나는 이 질문을 재일한국인 최초로 도쿄대 정교수가 된 강상중 선생님의 《살아야 하는 이유》를 읽으며 다시 떠올렸다.

그는 3.11 대지진을 예로 들며 말한다. 어쩔 수 없는 상황에서 사람의 마음을 울린 것은 거창한 활동이나 웅변 같은 말이 아니라, 그저 기도하고 운명을 받아들이는 '태도'였다고. 그 순간, 자연스럽게 나의 시간도 돌아보게 되었다.

동경 유학 시절, 나는 한 달에 한 번 가난한 엄마가 아침부터 밤까지 일해서 보내주는 돈으로 4조반 다다미방 방세를 내고 남은 돈으로 한 달을 버텼다. 문학을 하고 싶다는 내 선택에 미래에 어떻게 먹고살지 일절 묻지 않고 묵묵히 지지해 준 엄마에게 생활비가 부족하다는 말은 차마 하지 못했다.

그러던 어느 날, 그 생활비조차 IMF를 전후로 엄마가 운영하는 가게가 도산하면서 완전히 끊겼다. 졸업을 1년 앞두고 있을 때였다. 나는 순식간에 앞길이 가로막힌 채 공중에 떠 있는 듯한 시간을 보냈다. 집도 없이 떠돌아다니는 엄마와 남동생 부부를 생각하면 당장 학업을 중단하고 귀국해야 했으나 귀국을 한다 해도 가족을 책임질 수 있을지 자신이 없었다. 그런 불안한 마음 가운데, 가을이 가고, 겨울이 오고, 한 해가 갔다.

그때 나를 지켜준 것은 가브리엘 마르케스의 《백년 동안의 고독》에서 얻은 기도와도 같은 한 문장이었다. 이 문장은 나의 운명을 받아들이는 태도에 많은 영향을 주었다.

"그는 이미 회피할 수 없는 기억들이 감정을 자극하지 않도록 냉정하게 생각하는 비결을 터득하고 있었다."

유학 시절 내내, 나는 그 문장을 적은 종이를 방에 붙여놓고, 불안이 목을 죌 때마다 읽으며 마음을 가다듬었다. 불안이나 고민에 휩쓸리지 않겠다는 다짐, 감정이 내 행동을 좌우하도록 내버려두지 않겠다는 결심과도 같은 것이었다. 그리고 그 결심은 내게 운명을 받아들이는 첫 태도를 가르쳐 주었다.

다시 강상중 선생님 이야기로 돌아가면, 그는 심리학자인 빅터 프랑클의 사상을 빌려 인간의 가치가 어디에 있는지를 설명한다. 첫째는 창조, 둘째는 경험, 셋째는 바로 태도이며, 이 가운데 지금 가장 중요하게 재검토해야 하는 것은 태도라고 말한다. 그리고 그 태도가 선명하게 그려진 소설로 레프 톨스토이의 《이반 일리치의 죽음》을 예로 든다.

"그는 자신만을 생각하는 것을 멈추는 바로 그 순간, 고통으로부터 풀려나고 있음을 느꼈다."

나는 이 부분에서 눈이 확 뜨이는 경험을 했다. 주인공의 인생을 멋지고 좋은 것으로 바꾼 것이, 재판관으로서의 업적이 아니라 채 한 시간도 되지 않는 마지막 순간에 가족에게 배려의 마음을 보여준 태도라니! 나는 그 문장을 오랫동안 반복해서 읽을 수밖에 없었다. 한 사람의 인생을 근본적으로 바꾸는 힘이 거창한 성공이 아니라 마지막에 드러난 단 하나의 '태도'였다는 사실이 나를 오래 붙잡았다.

나는 오랫동안 가족을 돌보며 지내왔다. 알코올 중독으로 입원한 남동생을 위해 병원을 수없이 드나들었고, 병원 반찬이 맛없다고 하면 반찬을 해서 나르고, 제발 술만 끊어달라고 애원하며 매달 담뱃값을 보냈다. 그러나 중독은 사랑만으로는 해결되지 않았다.

그 무렵, 엄마의 돌봄도 내 몫이 되었다. 여기에 남동생의 어린 조카들도 돌봐야 했다. 조카들이 성인이 될 무렵, 이번에는 조카딸이 아이를 낳았다. 조카딸의 남자친구 엄마는 자기 아들 앞길을 망쳤다며 양육을 거부했다. 같은 여성으로, 그것도 딸을 가진 엄마의 삶의 태도라고는 믿기지 않는 행동이었다.

"함께 사랑해서 낳았는데 왜 제가 다 해야 해요?"

울먹이는 조카딸 앞에서 나도 같은 질문을 되뇌었다.

"사랑은 함께했는데 왜 사랑의 결과인 아이는 여자만의 책임이 되어야 하는가."

결국 나는 다음 날 우리 집 성을 따서 갓 태어난 아기의 출생신고부터 했다. 그리고 조카딸의 아이를 내가 키우기로 결심했다.

그 아이가 지금 중학교 1학년으로 자랐다. 그런데 이번에는 엄마가 치매에 걸려 와상 상태로 누워 계신다. 치매에 걸린 엄마와 중학교 1학년 손자의 이중돌봄이 시작되었다. 여기에 경력단절 여성이 되지 않도록 낮에는 요양보호사로 일하고, 밤에는 번역을 하거나 글을 쓰며 지낸다.

돌아보면 나는 살아야 하는 이유를 찾기보다 그저 살아야 했기 때문에 살아지는 시간을 살았다. 무너지지 않기 위해 오히려 그 무게를 정면으로 지고 걸어왔다. 그리고 이제야 어렴풋이 알 것 같다.

"인생의 무게를 이겨낼 방법은 그 무거운 짐을 지는 것이다."

오늘도 나는 내게 주어진 짐을 지고 묵묵히 시간을 건너고 있다.

무너지지 않는 태도란, 삶이 건네는 무게를 외면하지 않는 마음에서 시작됩니다. 도망치지 않고, 원망에만 머물지 않고, 끝내 한 발을 내딛는 마음이요. 그러나 우리가 짊어진 그 무게는 애초에 한 사람의 몫만은 아니었을 것입니다. 가족의 병도, 돌봄의 책임도, 사랑의 결과도 개인의 어깨에만 얹혀 있을 때 삶은 쉽게 기울어집니다. 그리고 그 사회는 이미 누군가를 조용히 무너뜨리기 시작합니다.

서로의 짐을 조금씩 나누어 드는 태도, 고통을 개인의 성실함으로만 해결하려 하지 않는 태도, 결국 서로를 향한 태도의 방향, 그 작은 전환에서 건강한 사회가 시작되는 것이 아닐까요.

그래도 돼, 늦어도 돼

광복 80주년 KBS 기획 《조용필 이 순간을 영원히》를 엄마와 함께 보고 있다. 엄마는 날이 갈수록 말이 없고 무표정하게 누워만 있다. 나의 매일의 미션은 엄마가 말을 하게 하는 것인데, 엄마가 반응할 말들을 찾아 궁리를 하다 보면 이런 말들에 엄마가 대답할 확률이 높다.

"엄마, 왜 이렇게 예뻐?"

"내가 언젠 안 예뻤니?"

그리고 이런 말에도 반응을 한다.

"엄마 사랑해."

"나도."

오늘도 엄마와 단둘이 하루를 보내며 엄마에게 말을

건넨다. 하지만 엄마의 언어는 다 어디로 갔는지 입술을 달싹거리기만 하여 애가 탄다. 그러다 티브이 속 조용필의 노래가 귀가 잘 들리지 않는 엄마에게 닿기를 바라며 볼륨을 높인다. 밤이 오고 있었고, 엄마는 아직 한 마디도 하지 않은 채 하루가 가고 있었다. 조용필의 노래를 따라부르던 내가 엄마의 귀에 대고 재차 "엄마 사랑해"라고 속삭인다. 그러자 엄마가 잠시 사이를 두고 "나도"라고 말한다. 조용필의 콘서트 타이틀처럼 '이 순간을 영원히' 잡아두고 싶다.

문학이 인생의 전부라고 생각하며 20대를 보냈다. 때로는 과거의 꿈에 속박당하고 있는 건 아닌지 답답했고, 생활고에 흔들리기도 했다. 하지만 그 꿈을 붙잡고 있었기에 오늘의 내가 있는지도 모른다. 무너지지 않기 위해 나만을 위한 노래 한 곡쯤은 있어도 되지 않을까. 그런 의미에서 조용필의 〈그래도 돼〉는 나를 위한 노래 같다.

"그래도 돼, 늦어도 돼. 새로운 시작 비바람에, 두려움에 흔들리지 않아."

나는 낮에는 요양원에서 일을 하며 밤에는 글을 쓰기 시작했다. 그렇게 탄생한 책이 바로《나는 신들의 요양보호사입니다》이다. 연세대학원 노인복지와 세대공존연구실 박사과정에 있는 권소영 선생님은 책을 읽은 소감으로, "누군가를 돌보느라 바빴던 하루들, 그 속에서 미처 붙잡지 못했던 애정과 미움, 슬픔과 감동 등 돌봄 현장의 실제 경험과 무수한 감정들을 복원해낸 기록이었다."라고 했다. 책은 많은 요양보호사와 가족 돌봄자에게 위로가 되었다는 평과 함께 독자들의 사랑을 듬뿍 받았다.

처음에는 나를 위한 노래였지만, 어느 순간 많은 사람들의 공감과 동의를 얻으며 사회의 목소리가 되었다. 이후 돌봄을 더 많이 이야기할 수 있는 장이 만들어졌고, 돌봄 노동자에 대한 편견 대신 애정과 응원이 늘어나기 시작했다. 늦었다고 생각했지만, 일상을 기록하며 나는 오랫동안 꿈꾸었던 문학에 조금씩 다가설 수 있었다. 그리고 나의 이야기가 보편성을 확립하는 순간, 새로운 세계가 열린다는 것을 배웠다.

마르셀 프루스트는《잃어버린 시절을 찾아서》5권에서 이렇게 말한다.

"자기가 느끼는 것을 언제나 감추려고 작정하고 있는 우리는, 그것을 어떻게 표현하면 좋을지 단 한 번도 생각해 본 일이 없는 터이다."

아무도 읽지 않을 것 같은 이야기를 매일 기록하는 일은 쉽지 않다. 하지만 힘겨운 환경 속에서, 내가 붙든 것이 바로 글쓰기였다. 3교대 요양원 근무를 마치고 나면, 쉬는 날은 부족한 잠을 자느라 다 사라져버렸다. 친구를 만날 여유도 없이, 늘 일만 하는 기분이 들었다.

하지만 하루 일과를 마치고 글을 쓰는 동안은 달랐다. 나만의 세계로 여행을 떠나는 기분이었고, 세상과 연결되어 있는 느낌이 들어서 덜 외롭고, 덜 고독했다. 나의 생각이나 감정을 문장으로 표현하는 동안 재생의 시간이 펼쳐졌다. 죽어가던 영혼이 다시 살아나듯 천천히 숨을 되찾았다. 나의 내면에 충실할 때는 그 어떤 고통도 나를 흔들 수 없었다:

언제 끝날지 모를 엄마의 간병을 하는 지금 이 순간도, 나는 글을 쓰며 순간을 영원으로 만들고 있다.

"그래도 돼, 늦어도 돼."

이 말은 개인을 향한 위로지만, 사실은 속도를 강요하는 사회에 건네는 질문이기도 합니다. 왜 우리는 늘 제때, 제대로, 완벽하게 해내야만 한다고 믿게 되었을까요.

돌봄의 시간은 느리고, 회복의 시간은 더디며, 사람의 마음은 쉽게 따라오지 않습니다. 그 속도를 인정하지 않는 사회는 보이지 않는 자리에서 누군가를 계속 지치게 합니다.

무너지지 않는다는 것은 거창한 승리를 뜻하지 않습니다. 어떤 날은 단지 "나도"라는 한마디를 듣는 일, 그 한마디를 붙들고 하루를 건너는 일일지도 모릅니다.

누군가는 돌봄의 자리에서, 누군가는 생계의 자리에서, 또 누군가는 이름 모를 불안과 싸우며 저마다의 노래 한 곡으로 하루를 버티고 있는 건 아닐까요. 돌봄의 시간 속에서도 꿈을 놓지 않고, 지친 하루 끝에서 다시 노래를 부르는 일이 결국 나 자신을 포기하지 않겠다는 선언이었던 것처럼요.

늦어도 괜찮습니다. 흔들려도 괜찮습니다.

마지막이면서 영원한 날들

나는 2025년에 두 권의 책을 번역했는데, 100년 된 이자카야를 소개하는 책이다. 번역을 끝내고《일본 이자카야 유산_동일본 편》역자 교정을 보는데, 어느 한 문장에서 오래 멈추었다. 번역할 때도 인상 깊었지만, 다시 읽으니 또 다시 많은 생각들이 밀려왔다.

생의 마지막에 나는 과연 어떤 말이 듣고 싶을까. 타인과 가족이 나를 어떻게 대해 주면 좋을까. 생애 말기 돌봄, 죽음 준비에 관한 시점에서 보니 생각이 깊어졌다.

다음은 책 속 문장의 일부분이다.

"스도 선생은 사카타 대화재로 집이 전소된 제자에게

자신의 보너스를 건넬 정도로 훌륭한 인품의 소유자였으며, 사카타 명예시민이기도 했다. 그날도 선생은 그 자리에 있었고, 나는 고개를 숙여 인사했다. 작년에 여든을 넘긴 선생은 60년간 이곳에 다녔지만, 이날이 마지막이라며 찾았고 요양원에 들어가셨다고 한다.

이 이야기를 들려준 사람은 사카타 제2중학교 시절 스도 선생에게 영어를 배웠다는 사나다 씨였다. 스도 선생은 언제나 조용히 미소를 지으며 매일 두 잔의 술과 한 가지 안주를 주문했다고 한다. 버스를 타고 와서 택시를 타고 돌아갔다고 한다. 사나다 씨는 이 주점의 단골들과 함께 'ㅇ 구무라회'라는 팬클럽을 만들어 티셔츠와 포스터를 자발적으로 제작할 정도로 이 가게를 깊이 사랑하고 있다."(본문 30쪽)

책에는 여든이 넘은 노신사가 요양원 입소 전 60년간 드나들던 이자카야에 마지막 인사를 하러 오는 장면이 소개되어 있다. 60년의 시간을 건너 작별을 고하러 오는 이의 마음은 어땠을까. 사카타 화재로 집이 전소되자 제자에게 자신의 보너스를 건넸다는 스도 선생의 이야기는, 만나보지 않았음에도 오래 알고 지낸 사람처럼 느껴졌다. 그리고 내게 이런 질문을 남겼다.

'생의 마지막에, 나는 무엇을 하고 싶을까?'

매일 두 잔의 술과 한 가지 안주를 주문하고, 버스를 타고 와서 택시를 타고 돌아가던 일상. 여든이 넘은 몸을 요양원에 의탁하기 전, 자신의 의지대로 작별을 고할 수 있다는 것은 '생의 마지막에 무엇을 원하는지' 아는 사람만이 할 수 있는 선택일 것이다.

나도 그런 마지막을 준비해 두고 싶다. 성실하게 일상을 살다가 마지막에 주변을 둘러보며 감사의 악수를 하고 헤어질 준비를 할 수 있는 사람. 만일 치매에 걸려 기억이 흐려지더라도 노트에 적은 목록대로 지인이나 사회복지사가 내 뜻을 존중해 주었으면 좋겠다. 우선 리스트부터 적어두고, 매년 조금씩 고쳐가야겠다

리스트를 적겠다고 마음먹은 순간, 존엄한 죽음에 대한 스펙트럼이 넓은 소설 한 편이 떠올랐다. 캐나다에서 활동하고 있는 반수연 작가의 《파트타임 여행자》이다. 소설에는 이런 장면이 있다.

"오드리는 품위 있고 자의식이 강했던 평소 성격대로 존엄사를 원했다. 존엄사가 법적으로 가능한 오리건 주의 바닷가 마을로 가 스스로 생의 고통에서 벗어나 려 했다. 그러나 그런 결정을 내리기도 힘들 만큼 오드 리의 건강이 나빠지는 바람에 절차는 중단되었다."

생의 마지막 가는 길을 존엄사로 결정하기 직전에 건 강이 나빠지는 삶이라니. 미처 생각지도 못한 일이지만, 그저 그럴 수도 있겠구나, 그렇다면 삶의 과정을 받아들 일 수밖에 없겠구나, 라는 체념이 끼어든다.

"장례 이틀 전, 시내 호텔의 연회장에서 오드리를 추 억하는 '셀리브레이션 오브 라이프'를 열었다. 대형 스크린에는 육십칠 년 전 오드리의 유치원 입학 사진 부터 석양을 등지고 바위산을 오르던 몇 년 전의 사진 들까지 천천히 지나갔다. 영상을 만든 헬렌이 선택한 배경음악은 〈시 유 어게인〉이었다."

《파트타임 여행자》에는 사후에 친구와 가족, 지인들이

고인을 어떻게 애도할지에 대한 제안이 담겨 있다. 어떤 기사에서 이 단편집을 '노인 혁명'이라고 표현했는데, 노인을 단순한 보호의 대상이 아니라 어떻게 생각하고, 어떤 식으로 존중받길 원하며, 죽음을 앞두고도 취향을 지키고 마지막까지 스스로 선택하려는 존재로 그려냈기 때문이다.

요양원에서 근무할 때 나는 한 달에 서너 번의 죽음을 마주했다. 내가 줄리엣 비노쉬 뮤즈라고 이름 붙였던 분은, 간식을 들고 방에 들어가니 이미 숨을 거둔 후였다. 뮤즈의 눈을 감겨드리고, 그 자리에서 편히 쉬시라고 기도했다. 안식의 시간이 편해 보였다. 또 한 분은 119를 불러달라며 체념한 얼굴로 벽을 바라보던 혈혈단신의 뮤즈였다. 자신의 마지막을 알고 있었던 사람처럼, 뮤즈는 고요히 떠나갔다. 그녀의 마지막 짐을 정리하면서 나온 석 장의 기념사진은 차마 쓰레기봉투에 버리지 못하고 집으로 가져와, 헌 프라이팬 위에서 태워드렸다. 나만의 애도였다.

그 이후 요양원에서 고인이 마지막까지 버리지 못하

고 소중하게 간직했던 물건들을 한곳에 모아 재로 만들어 돌려보내는 의식을 해주고 싶다는 생각을 자주 한다. 세상을 떠나는 그들의 물건이 다시 어딘가에서 누군가의 손에 닿아도 좋겠다. 우리가 돌아가신 어머니의 원피스를 물려 입듯이.

어쩌면 우리는 그렇게 연결되어 있는지도 모른다. 고인의 물건을 소중히 간직하고 사랑하는 일이, 관계를 끝내지 않는 방식일지도. 그래서 어떤 죽음은 마지막이면서도 영원하다.

스도 선생이 60년을 드나들던 이자카야에 마지막 인사를 건넸던 것처럼 누군가는 떠나기 전 자신이 사랑한 자리와 사람들에게 고개를 숙이고 싶어 합니다.

어떻게 살 것인가만큼이나 어떻게 떠날 것인가를 생각하는 일은, 결국 오늘을 더 성실히 살아내겠다는 다짐이고, 지금의 관계를 더 깊이 아끼겠다는 마음이기 때문입니다.

그러나 존엄한 마지막은 개인의 의지로만 완성되지 않습니다. 죽음을 비용이나 부담이 아니라 삶의 한 장면으로 받아들일 때, 우리는 비로소 누군가의 시간을 함부로 접지 않게 됩니다. 기억 속에서, 이어지는 삶 속에서, 관계를 지우지 않으려는 태도 속에서 마지막을 존중하는 사회만이 영원을 말할 자격이 있다고 믿습니다.

돌봄은 언제 찾아왔을까?

1.

중학교 시절, 교실 청소를 하던 어느 날, 버려져 있던 《그리고 아무 말도 할 수 없었다》라는 책 한 권에서부터 나의 '돌봄'에 대한 궁금증은 시작되었다. 번역가이며 에세이스트였던 전혜린의 책을 통해 나는 헤르만 헤세를 알게 되었고(작가를 직접 만나러 갈 수 있다는 것도 덤으로 알게 되었다), 이미륵과 루이제 린저에 대한 에피소드도 재미있게 읽었다.

호기심 많은 나는 차례로 책에 나온 작품을 찾아 읽게 되었는데, 그때 읽은 책이 루이제 린저의 《생의 한가운데》였다.

주인공 니나는 아버지의 빚을 갚기 위해 친척 아주머니의 병간호를 하러 시골로 내려간다. 당시 나는 이야기에 깊이 몰입해 있었기에 젊고 재능 있는 젊은이가 유배지와 같은 시골에서 간병을 하며 시들어가는 모습이 몹시 안타까웠다. 게다가 죽으면 재산을 물려주는 조건아래 친척의 돌봄을 받는다니, 어린 내게는 그런 생각이 비난받을 일처럼 느껴졌다.

그때 나는 작가의 사상과 의도를 그대로 받아들이는 독자였을 뿐, 한 발 물러나 바라보는 비평가적 시선은 없었다. 그래서일까. 고립된 채 간병을 이어가는 니나를 깊이 동정했고, 지금도 나는 니나에게 감정이입하며 괴로워하던 마음을 지울 수가 없다.

2.

그다음 돌봄에 대한 기억은 이렇다. 나는 유년기에 한 달 남짓 고모 댁에서 지낸 적이 있다. 그때 그 집에는 아이가 셋 있었는데, 모두 학교에 다니고 있었다. 그들이 학교에 가고, 고모와 고모부마저 집을 비우면 우리 남매는 일본식 계단집에서 지루한 시간을 보내고는 했다. 내가 일곱 살, 세 살 터울인 남동생이 네 살쯤 되었던 것으로 기억한다. 그 짧은 한 달 동안 대체 엄마와 아빠 사이에는 무슨 일이 있었던 걸까.

이후 엄마는 우리를 고모집에서 데려와 외할머니께 맡기고 직장에 다니기 시작했다. 내가 곧 초등학교에 들어가기 때문에 책가방이며 옷이며 신발 등을 사기에 돈이 많이 필요하다고 했다. 여자 혼자 벌어서 아이들을 가르치기에 힘든 시절이었다.

청소년기에 나는 일요일마다 예배에 참석하며 신앙생활을 했다. 설교 때마다 성경 속 과부와 고아에 대한 '돌봄 명령'이 등장했는데, 예민했던 사춘기 시절의 나는 그 말을 들을 때마다 내 자신이 한없이 가엾고 불쌍한 존재라는 걸 매주 새삼스럽게 가슴에 새기며 돌아왔다.

그러던 어느 날, 고등부에서 고아원 봉사를 갔다. 그날은 어째서인지 잠바 주머니에 하모니카를 챙겨가서 아이들 앞에서 하모니카를 불어주었다. 그때 한 아이가 유난히 내 목에 매달려서 떨어지지 않았다.

봉사를 마치고 집으로 돌아가려는 순간, 아이는 꼼짝 못할 정도로 내 목을 꽉 끌어안고 놓아주지 않았다. 아이를 달래는 데만 한참의 시간이 걸렸다. 사랑을 필요로 하는 간절한 몸짓과 자신의 가장 좋은 모습을 보이고자 필사적으로 웃던 얼굴을 지금도 잊을 수 없다. 그날의 체험은 한 달 동안 고모 댁에 버려졌다고 느꼈던 슬픔을 불러오기에 충분했다.

고아원 문을 나선 뒤에도, 내 마음속에는 그 아이의 얼굴이 지워지지 않았다.

3.

아르보 패르트의 〈거울 속의 거울〉을 들으면 신비한 체험이 떠오른다. 우물 이미지라고 해야 할까, 깊은 산속 연못 이미지라고 해야 할까. 초등학교 3학년, 열 살 때부터 이 우물 이미지가 따라다닌다.

걸 스카우트 선서식은 초등학교 운동장에서 열렸다. 뒤뜰에서 야영과 함께한 작은 의식이었다. 우리는 촛불을 밝히고 교실 한가운데 놓인 거울을 둘러섰다. 거울 가장자리를 꽃으로 장식해서, 거울은 마치 우물처럼 느껴졌다. 나는 우물에 촛불을 든 나의 얼굴을 바라보며 스카우트 서약을 했다.

"하나님과 나라를 위하여 나의 힘을 다하겠습니다.

항상 다른 사람을 도와주겠습니다.

스카우트 규율을 잘 지키겠습니다."

서약 후 우리는 운동장에 나갔다. 누구나 학교에 들어올 수 있었던 시절이라 마을 전체가 축제 분위기였다. 춤도 노래도 연극도 있었다. 그중에서 가장 인상적인 것은 캠프파이어였다. 그때까지 열 살의 소녀는 그렇게 큰 불을 가까이에서 본 적이 없었다. 마법 같았고, 경외심마저 들었다. 촛불을 들고 거울을 바라보던 순간, 나는 방금 다시 태어난 사람처럼 느꼈다. '언어를 통해서 거울이 우물'로 변하는 신비한 체험이었다.

시간이 많이 지나, 씨네페미니즘학교에서 강연을 하기 전, 《딸에 대하여》를 만든 이미랑 감독과 밥을 먹고 차를 마시며 이런 질문을 받은 적이 있다.

"가정생활이 힘든 친구들 보면 모가 나기도 한데 어떻게 긍정적일 수 있나요?"

그 질문을 듣는 순간, 나는 아주 오래전 촛불을 밝히며 거울 속에 비친 내 얼굴을 보며 했던 나와의 약속을 잊지 않고 있다는 것을 깨달았다.

4.

내게 돌봄이 언제 찾아왔는지에 대한 마지막 체험은 아주 멋진 말에서 시작한다.

친구 어머니와 하룻밤을 지낸 날이었다. 아버지가 돌아가셨는데, 어머니를 돌볼 사람이 없다며 친구에게서 전화가 왔다. 가족들은 병으로 누워 계신 어머니가 알면 쓰러지실까 봐 아버지의 죽음을 알리지 못하고 있었다. 나는 밤이 되어도 남편과 자식들이 집으로 오지 않자 불안해하는 친구 어머니와 단둘이 꼬박 하룻밤을 보냈다. 그때 친구 어머니께 어떻게 말을 둘러댔는지, 어떤 말로 얼버무렸는지 잘 기억이 나지 않는다. 하지만 어머니가 해주신 이 말만은 또렷하게 기억한다.

어떤 이유에서인지 친구 어머니는 연신 마른입을 축이시며 이렇게 말씀하셨다.

"어려울 때 친구가 진짜 친구야."

그 말씀은 그대로 내게 시였다. 그 무렵, 나는 기형도의 시집을 읽고 또 읽던 때여서인지 시가 아픔이 되고, 상흔이 되고, 보석이 되는 시간을 보내고 있었다. 그날 이후 친구 어머니는 오랫동안 내 마음속에 존재하며 대화 상대가 되었다.

"어머니, 이렇게 하면 진짜 친구일까요?"
"어머니, 저 아이는 진짜 제 친구인가요?"
"어머니, 진정한 친구란 있는 걸까요?"
"어머니, 제가 늘 어려운 친구였다면 이제 친구 그만 할래요."

그 질문들은 결국 나를 향한 것이었다. 나는 어려움 속에서도 작은 무언가라도 건네고 도움이 되는 존재이고 싶었다. 그런 자각 속에서 나의 돌봄은 시작되었다.

돌봄은 어느 날 갑자기 찾아온 것이 아니었습니다.

니나를 동정하던 어린 독자의 마음에도, 고모 댁에서 버려졌다고 느끼던 일곱 살의 슬픔에도, 고아원 아이가 두 팔로 매달려 숨이 막히던 순간에도 이미 작은 씨앗처럼 심어져 있었던 것 같습니다.

촛불을 들고 거울 속 얼굴을 바라보며 했던 약속, "항상 다른 사람을 도와주겠습니다."라는 문장은 어쩌면 제 삶을 오래 따라다닌 서약이었나 봅니다. 그리고 친구 어머니의 그 한마디, "어려울 때 친구가 진짜 친구야." 그 말은 제 안에서 오랫동안 울리며 돌봄이 무엇인지를 묻는 기준이 되었습니다.

돌봄은 거창한 희생이 아니라, 누군가의 불안한 밤을 함께 견디는 일입니다. 어려움 앞에서 도망치지 않고, 작더라도 무엇인가를 건네보려는 마음이요.

그래서 저는 지금도 묻습니다. 돌봄은 언제 찾아왔을까.

아마도 그것은 누군가의 고통을 외면하지 않기로 마음먹은 바로 그 순간마다 조용히 제 곁에 와 있었는지도 모르겠습니다.

돌봄을
기꺼이 돌볼 수는 없을까

　젊은이에게 1년은 노년기의 1년과 비교했을 때 아주 길게 여겨지고는 한다. 나는 그런 긴 시간을 6년이나 동경에서 보냈다.

　동경 유학 시절, 나의 성장을 도운 것은 오치아이라는 마을이었다. 6년 동안 세 들어 살던 집의 스자키 씨 부부, 오치아이 우체국 아줌마, 헌책방 아저씨, 그리고 '야부큐' 소바집 가족들.

　고급 소바집 '야부큐' 유리문에 붙어 있던 '아르바이트 구함'이라는 전단을 보고 들어간 나는 필사적으로 외국인 티가 나지 않도록 조심하며, 일본 젊은이들이 사용하는 언어로 소바집 안주인에게 물었다.

"바이트를 찾고 있어요."

"오늘 저녁부터 가능해요?"

나는 얼른 '예'라고 답했다. 길만 건너면 내 자취방이 있었기 때문이다. 안주인은 대화를 마치자 3층 안채로 올라가버렸다.

처음 맡은 일은 상 치우기와 설거지였다. 점심 연회가 끝난 2층에는 코스 요리에 올라온 작은 접시들과 남은 음식들이 담긴 그릇들이 가득했다. 할머니 한 분과 드라마에서 막 튀어나온 듯한 작은 소녀가 무릎을 꿇고 그릇들을 치우고 있었다. 다리가 불편해 보이던 할머니는 내가 나타나자 바로 3층으로 올라가셨고, 내 곁에는 겨우 대여섯 살쯤 되어 보이는 그 작은 소녀가 남아서 접시들을 쟁반에 담는 일을 도왔다. 쇼큐 짱으로 불렸던 아이는 커다란 눈을 반짝이며 건너편 상에서 일하고 있는 내게 말했다.

"당신이 와서 우리 엄마가 살았어요."

진심으로 엄마를 걱정하는 아이의 목소리였다. 우리 엄마도 늘 일에 지쳐 돌아오곤 했기에 그 목소리에 담긴 마음을 바로 알 수 있었다.

아이만큼 어른의 온 세상을 환하게도, 또 어둡게도 만드는 대상은 없다. 쇼큐 짱도 그랬다. 쇼큐 짱은 나를 밝게 했지만, 엄마를 돕는 그 작은 손에는 아직 인형놀이가 더 어울려 보였다.

상을 다 치우자 쇼큐 짱도 3층으로 올라갔다. 나는 크고 작은 접시와 그릇에 남은 음식 찌꺼기를 가볍게 헹군 후, 처음 사용하는 대형 식기세척기에 차곡차곡 넣었다. 이어 식기세척기를 몇 번 열었다 닫았다 했더니, 거짓말처럼 그 많던 그릇들이 제자리를 찾았다.

일은 고되고 단순했다. 하지만 언어가 통하지 않는 나라에서 내 힘으로 얻은 아르바이트였기에 집으로 돌아오는 길은 조금도 힘들지 않았다. 동경에 온 지 1년 만의 일이었다.

일본에서는 식당에서 일하는 직원들이 먹는 식사를 '마카나이'라고 하는데, '야부큐'에서 마카나이를 먹고 집으로 돌아오는 것도 유학생인 내게는 한 끼를 해결할 수 있어 큰 도움이 되었다.

일하는 동안은 거의 말을 하지 않았다. 일본 악기 고토의 선율이 흐르는 가운데, 주방에서는 소바나 우동을 삶는 소리, 소바나 두부를 튀기고 음식을 썰고 담는 소리 등 주문에 맞게 요리를 하는 소리만 오갔다. 그러나 마카나이를 먹는 시간이 되면 달랐다. 내 또래 친구들과 일본어로 대화를 할 수 있었다. 소바집을 하는 아버지를 이어 도쿄에서 기술을 배워서 고향에서 가게를 여는 게 꿈인 다카 씨, 가수가 되기 위해 지방에서 올라온 요정처럼 예쁜 아스카 씨, 소바를 집집마다 배달하는 마사오 씨. 모두 20대 초반의 젊은이들이었고, 각자의 꿈을 품고 있었다. 그들의 대화를 귀 기울이며 나의 일본어도 성장했다. 그들은 나의 살아있는 일본어 선생님이었다.

다음은 나의 동경 유학 기간 동안, 한 번도 이사하지 않도록(어학원 기숙사에서 이사한 후) 인연을 맺은 스자키 씨 부부다. 새벽부터 일어나 덧문을 열고 마당을 쓸던 부부는 부지런함의 미덕을 보여주었다. 그들이 얼마나 자주 웃어주었는지, 그 웃음 덕분에 향수병에 걸리지 않고 무사히 한국에 돌아올 수 있었다.

아이스크림 도매업을 하던 스자키 씨는 내가 2층 창문

을 열면 1층 자판기를 채우다 말고 아이스크림 하나를 휙 던져 올려주었다. 그럴 때마다 나는 아침부터 메로나처럼 생긴 하드를 먹으며 하루를 시작했다. 여름 방학 때는 아이스크림이 더 자주 하늘을 날아올랐다.

이제부터는 조금 슬픈 이야기다. 내가 사랑한 우체국 아줌마와 헌책방 아저씨는 이제 이 세상 사람이 아니기 때문이다. 우체국 아줌마는 지난해 갑작스러운 심장마비로 세상을 떠나셨다. 올해는 꼭 만나러 가겠다고 쓴 연하장이 도착하기도 전에.

우리의 인연을 어디서부터 이야기해야 할까?

동경에 온 첫 가을, 나는 엄마와 친구들에게 국제편지를 자주 보냈다. 오치아이 우체국에서 우표를 사던 날, 세계 여러 나라를 여행하면서 언어를 배우는 모임에서 활동하고 있다던 그녀가 내게 먼저 한국어로 인사를 건넸다.

"안녕하세요."

그 한마디로 우린 친구가 되었다. 가을이면 그녀는 자신이 제일 좋아하는 사과를 사서 내 방문에 걸어두고는 했다. 우체국에서 냉장고를 바꿀 때는 헌 냉장고를 우체국 직원들을 시켜 2층 내 방까지 올려주었다. 여기까지 쓰고 나니 가슴이 따끔따끔 아파온다.

그녀는 나를 '이 상'이라고 불렀는데 어느날 그녀는 "이 상과 나는 붉은 실로 연결되어 있어요."라고 말하며 환하게 웃었다. 그때는 농담처럼 들렸지만, 지금은 그 말 말고는 우리 인연을 설명할 길이 없다.

방학이면 나는 우체국 사택으로 초대를 받아 며칠씩 머물곤 했다. 이 때문인지 아줌마에게는 어린 자녀들이 있었는데, 어느 해에는 아줌마의 두 딸인 안과 나나의 한국어 가정교사라는 소문이 돌 정도였다.

이후 그 아이들이 자라서 결혼 초대장을 보내왔을 때 나는 기꺼이 비행기를 탔다. 지금은 안과 나나의 자식 가운데 한 아이가 한국어를 배우고 있다고 한다. 붉은 실이란 바로 우체국 아줌마를 지나 그 아이들인 안과 나나를 통해, 그리고 그녀들의 자식들을 통해 연결된 게 아닌가 싶다.

마지막으로 헌책방 아저씨, 시바타 씨와의 우정을 이

야기하고 싶다. 학교 수업을 마치고 역에서 집으로 걸어오다 헌책방 안을 들여다보면, 아저씨는 개와 함께 졸고 있을 때가 많았다. 일본 사람들은 대체로 친절했는데, 단 한 사람 시바타 씨만은 내가 책을 찾으면 무뚝뚝하게 일어나 책을 건네줄 뿐이었다.

어느 날, 나는 캔맥주와 치즈, 쥐포 스틱을 사서 아저씨께 비닐봉지째 건넸다. 얼마 지나지 않아 시바타 씨가 먼저 말을 걸어왔다. 알고 보니 그는 단지 수줍음이 많았을 뿐이었다. 그는 고향 이야기를 들려주었고, 고향 작가의 책도 빌려주었다. 그날부터 나는 헌책방에서 책을 빌리기 시작했다. 또 아저씨는 나를 헌책 도매상에 데리고 가 도스토옙스키 전집을 도맷값으로 살 수 있게 해주었다.

나는 니혼대학 예술학부 문예학과 첫 여름 방학 과제로 단편소설을 썼는데, 주인공은 헌책방 아저씨였다. 문예학과에서는 그 작품을 묶어 한 권의 책으로 만드는 작업을 하는데, 책이 완성되자마자 나는 아저씨에게 달려갔다. 그다음 해에는 영화과 선배의 여름 방학 과제인 단편 영화에 나와 함께 출연하기도 했다.

우리는 오치아이라는 마을의 수상한 2인조였다. 나이

도, 성별도, 성격도, 국가도 달랐지만, 공유하는 것이 유난히 많았다. 아저씨는 자신을 주인공으로 쓴 내 소설을 아주 마음에 들어 했다. 그리고 소설 초고를 우체국 아줌마가 바른 일본어로 교정해 주었다. 모두 아름다운 기억의 장면이다.

대학 졸업 후 아저씨에게 다시 만나자는 약속을 하고, 나는 그리운 가족에게 돌아왔다. 그러던 어느 날 아침 전화가 왔다. 헌책방 아저씨였다.

"입원해 있었어. 입원했는데 문득 네 생각이 났어. 지금은 괜찮아. 동경에 오면 꼭 들렀다 갈래?"

그 후 시바타 씨를 마지막으로 한 번 더 만날 수 있었다. 도쿄에서 열린 도서전시회에 출장 갔을 때 시간을 내어 아저씨를 찾아갔다. 그다음 이야기는 하지 않겠다. 아저씨는 충분히 힘내어 살아계셨으니까.

동경에서 보낸 6년 동안 그들은 기꺼이 나를 돌보아주었다. 넘치지 않는 한도에서, 거리를 둔 채.

돌봄의 온도만큼 적당한 돌봄의 거리는 중요하다. 가족이니까, 집에서 쉬니까, 또는 독신이니까 돌봄을 떠안는 경우가 많은데, 이제는 기꺼이 돌볼 수 있는 범위 내에서 돌봄 시스템을 이용해야 한다. 한쪽이 우는 돌봄은 기꺼이 하는 돌봄이 아니다. 처음에는 웃으며 시작했던 돌봄이 날이 갈수록 두렵고 어려워진다면 전문가의 도움을 청하는 것이 마땅하다.

스자키 씨 부부의 웃음도, 우체국 아줌마의 사과 한 봉지도, 헌책방 아저씨의 무뚝뚝한 친절도 모두 넘치지 않았습니다. 그들은 나를 붙들지 않았고, 나 또한 그들에게 기대어 무너지지 않았습니다. 적당한 거리에서, 분명한 마음으로 서로를 돌보았습니다.

돌봄을 기꺼이 할 수는 없을까요. 상대도 살리고, 나도 잃지 않는 방식으로 말이죠. 누군가의 삶을 돕되, 그 삶의 무게까지 모두 짊어지려 하지 않는 것. 필요하다면 도움을 구하고, 제도를 이용하고, 거리를 조율하는 것.
돌봄은 희생이 아니라 태도이며, 태도는 결국 관계를 오래 지키는 힘이 아닐지요.

카뮈의《전락》에서
'어쨌든 살아있으면 된다'까지

"여러 해 전부터 내 수많은 밤들 속에서 그치지 않고
울리던 그 말, 그리고 이제 마침내 내가 당신의 입을
통해 하려는 그 말을 당신 자신이 입 밖에 내어 발음해
보세요. 오! 아가씨, 다시 한번 물속으로 몸을 던져다.
오, 내가 우리 둘을 다 함께 구할 기회가 두 번째 찾아
오도록!"

－알베르 카뮈 전집 3권《전락》158~159쪽

카뮈의《전락》에 나오는 글이다. 변호사인 주인공 클
라망스는 어느 날 다리 위에서 강을 내려다보던 여인을
스쳐 지나간다. 그리고 잠시 후 들려온 물소리, 여인이

강물에 몸을 던졌다. 그 사건 이후 그는 더 이상 예전의 잘나가고 자신만만한 변호사로 돌아갈 수 없었다. 그리고 한순간도 그 사건을 벗어날 수 없었다.

우리는 묻게 된다. 그 여인은 클라망스가 가던 길을 멈추고 다정하게 말을 걸었다면 다시 살 힘을 얻지 않았을까. 그는 자살을 방조한 게 아니었을까.

클라망스의 고뇌는 현대를 살아가는 우리에게 많은 울림을 준다. 우리는 타인의 절망 앞에서 얼마나 멈출 수 있을까. 나는 그 질문을 돌봄의 시간 속에서 자주 떠올린다.

노화 과정에 있는 어르신들에게도 골든타임이 있다고 생각한다. 매순간 노인의 몸은 변하기 때문이다. 엄마가 요실금 팬티 입기를 거부하면서 하루 종일 세탁기를 돌리던 때가 있었다. 스스로 화장실을 가려고 안간힘을 쓰셨지만, 화장실 가는 동안 소변이 줄줄 샜던 나날들.

나는 엄마의 노력을 무시할 수 없었기에, 곁에서 그저 세탁기를 계속 돌렸다. 그러다 문득, 세상에 엄마와 나, 단 둘이 버려진 듯한 기분이 들었다. 그렇게 저녁 어스름이 찾아오고, 집 안의 불도 켜지 않은 채 엄마에게 말했다.

"엄마, 우리 밖에 나가서 맛있는 것 좀 먹고 오자."

요실금이 생긴 이후 엄마는 외출을 꺼리셨는데, 어쩐 일인지 그날은 순순히 고개를 끄덕였다. 아마도 하루 종일 침대보와 바지, 속옷을 빨고 걸레질하는 내 모습을 보셨기에 딸이 외출하고 싶다는 제안에 응한 것일지도 모른다.

우리의 첫 외출은 성공적이었다. 나는 엄마를 휠체어에 태우고 달렸다. 온종일 둘만 있다가 달리는 차들도 보고, 다리 위에서 흘러가는 강물도 바라보았다. 그러다 가장 처음 보이는 치킨집에 들어갔다. 생맥주 두 잔을 주문하자 치킨집 사장님이 웃으며 물었다.

"어머니도 술을 드세요?"

"아니요. 기분 좀 내려고요."

치킨집 사장님은 몰랐겠지만, 생맥주를 사이에 두고 엄마와 나는 그날 처음 웃음을 웃었다. 그것도 함박웃음이었다.

엄마의 돌봄을 할 때 가장 힘든 순간은 세상에 나 홀로 남겨진 듯한 고립감을 느낄 때다. 그럴 때면 그렇게 좋아하던 영화도, 책도 모두 싫어지고, 몸과 마음이 무기력해 졌다. 그런 시간을 지나던 어느 날, 집 근처 노회찬 재단 에서 열린 '6411강의'를 들었다. 그곳에서 이해자 시인 의 〈어쨌든 살아있으면 된다〉를 처음 접했는데, 그 시는 내게 새로운 생각의 방향을 열어주었다.

매일 엄마의 상태만을 고민하던 내가 동물의 삶과 인 간의 욕망을 동시에 생각하게 되었으니 말이다. 이 시는 읽을 때마다 새롭게 생각을 하게 되는 놀라움을 주었다.

예를 들면 누군가에게 16주라는 짧은 생은 오직 인간 의 미식 욕구를 충족시키기 위해 존재하는 시간일지도 모른다. 그러나 나와 같은 돌봄 종사자의 눈으로 바라보 면, 16주든 100년이든 '살아있음' 그 자체가 전부가 되 기도 한다. 그렇다면 우리는 이렇게 물어야 하지 않을까.

"얼마나 오래 사느냐가 아니라, 살아있다는 사실을 어 떻게 받아들이는가."

그리고 그 질문은 나를 다른 돌봄의 자리로 데려갔다.

"저는 어르신들 생활지원사 일을 하는데…."

그는 말을 꺼내자마자 눈물부터 흘렸다.

"그날은 오전, 오후, 저녁 세 번이나 전화를 안 받으셔서 보호자께 연락하려다가, 제가 가까이 살아서 직접 찾아갔어요. 그랬더니 막 화를 내시는 거예요. 전화는 받기 싫어서 안 받았고, 지금은 자려고 했는데 깨웠다고요. 또 어떤 어르신은 보호자와 연계해 병원에 모셨는데 어쩌면 그때 제가 발견하지 않았더라면 편하게 자연사하셨을지도 모른다는 생각이 들었어요…… 괜히 더 고통스럽게 한 건 아닌가 하는 생각이 들어 너무 힘들어요."

나는 고개를 끄덕였다.

"저도 그래요. 저는 엄마를 돌보면서 재가 방문 요양보호사로 일하고 있어요. 같은 아파트에 사는 어르신이죠. 어느 날 저녁, 저와 같은 아파트에 사시는 손이 마비된 뮤즈에게 전화가 왔어요. 빨리 좀 와달라고요. 먹을 게 하나도 없는데, 딸이 택배로 보낸 김치를 남편이 버리겠다고 한다고요. 저는 손이 마비된 뮤즈가 발가락으로 수없이 버튼을 눌러서 전화한 것을 아니, 엄마께 죽을 드리던 것을 잠시 멈추고 바로 달려갔어요. 김치 포장을 풀어 정리해 김치냉장고에 넣어드리고 돌아오는데, 엘리베이터 안에서 눈물이 났어요. 뮤즈의 그 고통을 아니까

안 할 수도 없고, 이중 돌봄을 하는 나는 늦어진 엄마의 저녁 식사를 마치고 조금 쉴 생각이었는데 바로 손자의 저녁 식사를 만들어야 했으니까요."

돌봄 종사자는 매일 죽음과 직면한다. 콧줄과 소변줄을 끼고 산소통이 없으면 안 되는 삶과 마주하다 보면 마음은 쉽게 약해지고, 어느 순간 비관이 스며들기도 한다. 그럴 때 나는 그 시를 떠올린다. 〈어쨌든 살아있으면 된다〉고.

나는 그 문장에서 카뮈의 《전락》을 떠올리며 마음을 잡는다. 눈앞에 살아있는 존재를 두고 뒤돌아서지 않겠다는 마음, '어쨌든 살아있으면 된다'라는 마음으로 바라보면 돌봄의 풍경은 조금 달라진다. 두려움은 동행이 되고, 죄책감은 책임이 된다.

돌봄은 한쪽만 우는 일이 되어서는 안 된다. 우리가 무너지지 않으려면, 우리 자신을 붙잡아 줄 문장이 필요하다. 어쨌든 살아있으면 된다. 그리고 그 살아있음 곁에 내가 함께 있으면 된다.

카뮈의 《전락》의 주인공 클라망스의 고뇌는 타인의 절망 앞에서 한 걸음 멈추는 일이 얼마나 어려운지 보여줍니다. 돌봄의 자리에서 나는 또 다른 질문을 마주합니다. 완벽하게 구하지 못하더라도, 지금 눈앞에 살아있는 존재 곁에 서 있을 수 있는가를.

'어쨌든 살아있으면 된다'라는 말은 체념이나 살려야 한다는 강박이 아니라 곁에 있겠다는 다짐입니다. 생을 길이로 재지 않고, 살아있음 그 자체를 붙드는 마음.
돌봄은 죄책감으로 버티는 일이 아니라 동행으로 이어가는 일이어야 합니다.

"눈앞의 생을 외면하지 않겠습니다."
"어쨌든 살아있으면 됩니다."

5.
믿을 수 있는 이야기를
끝까지 붙드는 다짐

허태준

침묵의 자리를 만드는 일

"태준 씨, 식사하시는 분들은 거의 빠진 거 같던데 잠시 쉬었다 해요."

함께 홀 서빙을 맡은 B가 설거지용 대야에 식기를 넣으며 말했다. 안 그래도 다리가 후들거리던 참이었다. 우리는 세척장 안쪽, 물기 없는 바닥을 골라 주저앉았다. 반나절을 같은 파트에서 일했는데도 얼굴을 마주한 건 처음이었다.

"여기는 다른 데보다 사람이 더 많은 것 같네. 안 힘들어요? 태준 씨는 원래 요식업 쪽에서 일하는 사람인가?"

얼마나 힘들었는지 푸념이 오가던 중, B가 자연스럽게 질문을 던졌다. 나는 그냥 '프리랜서'라고 답했다. 밖에서 이것저것, 돈 되는 일을 하고 있다고 덧붙였다. 그는 더 묻지 않고 고개를 끄덕였다.

"어린데도 대단하네."

나이 차이가 그리 크지 않을 텐데도 B는 과장되게 너스레를 떨었다. 그러면서 자신은 '아저씨'라 여러 일을 하기는 어렵다고 했다. 간신히 이십 대 끝자락에 있던 나는 맞장구를 치다가 슬쩍 물었다.

"먹고사는 게 어렵기는 하죠. 형은 따로 하는 일 있으세요?"

"나? 나는 뭐…… 그냥 쉬고 있지."

B는 불편한 기색 없이 웃으며 대답했다. 그때 홀에서 호출이 왔다. 음식을 더 보충하지 말고 테이블에 있는 식기를 모두 수거하면 된다는 연락이었다. 우리는 대화를 멈추고 각자의 위치로 흩어졌다. 메아리처럼 쿵쿵거리는 발소리가 귓가에 울렸다. B는 피곤하지도 않은지 저만치 앞서 걸어갔다. 그는 뒤를 돌아보지 않았지만, 나는 마른 바닥에 남기고 온 우리의 짧은 대화가 왠지 마음에 걸렸다.

출장 뷔페 아르바이트를 하게 된 건 지인의 소개 덕분이었다. 글을 쓰면서 종종 강의나 수업을 하기도 했지만, 정기적인 수입은 아니었다. 통장 알림이 오래 잠잠할 때면 글쓰기와 전혀 관련 없는 일을 하며 생활비와 약간의 안도감을 채웠다. 주로 단기간으로 일정을 조율할 수 있는 일을 찾았는데, 딱 맞는 일이 있다며 지인이 연결해준 업체가 이곳이었다.

행사장 출장 뷔페를 전문으로 하는 이 업체는 정해진 출퇴근이 없었다. 필요한 인원이 생기면 그때그때 연락이 왔다. 거절에 페널티가 없다는 점도 마음에 들었다. 강의 일정에 맞춰 시간을 조정해야 하는 나에게는 그야말로 '딱 맞는 일'이었다.

정해진 날 아침 일찍, 알바생들이 모이면 트럭 한가득 짐을 싣고 함께 움직였다. 행사장에 짐을 내린 뒤, 어느 정도 정리가 되면 그날의 역할이 정해졌다. 주로 조리된 음식을 보기 좋게 세팅하거나, 커피 머신을 전담해 손님들이 원하는 음료를 제공하거나, 행사장 구석에 위치한 세척장에서 설거지를 했다. 숙련된 기술이 필요한 일은 아니었지만 오래 서 있어야 했고, 쉴새 없이 움직여야 했다. 무엇보다 손님을 상대하는 일이었기 때문에 힘든 티를 내기 어려웠다. 마감 시간이 되면 다들 약속이라도 한 듯, 표정이 한꺼번에 녹아내렸다.

요식업과 서비스업, 택배 상하차가 한 번에 묶인 출장 뷔페의 업무 강도는 꽤 높았다. 출장일이 길어지면 말없이 도망가는 사람도 있었다. 하지만 나는 크게 불만이 없었다. 오히려 지루하지 않아서 좋았다. 행사장은 매번 달랐고, 목적에 따라 손님들의 분위기도 차이가 있었다. 처음에는 그런 변화가 부담스러웠지만 업무에 익숙해진 후에는 되려 장점이 됐다. 행사 주최측도 아니고, 완전히 외부인도 아닌, 그 경계에 서서 일상에서 만날 일 없는 사람들을 바라보는 건 흥미로웠다.

가끔은 시선을 옆으로 돌렸다. 그러면 함께 일하는 사람들이 보였고, 여유가 생기면 한마디씩 말을 붙여보기도 했다. 맡은 업무가 힘들지 않은지, 같은 업체에서 일한 적은 있는지, 그때는 오늘보다 좀 한가했는지 등등. 비슷한 또래가 많아서 몇 마디만 나눠도 금세 친밀한 감정이 들고는 했다.

하지만 유연하게 오가던 대화가 매번 끊어지는 지점이 있었는데, 바로 '밖에서 뭘 하다가 왔는지' 물어볼 때였다. 사람들은 약속이라도 한 듯 비슷하게 답했다.

"그냥 뭐…… 쉬고 있어요……."

방금까지 땀을 뻘뻘 흘리며 행사장을 분주히 오가던 이들의 입에서 나오는 '쉬고 있다'는 말이 이상하게 느껴졌지만, 더 묻지 않았다. 그저 짧은 침묵이 우리 사이에 잠시나마 피어올랐던 친밀감을 서서히 꺼트리는 모습을 지켜볼 뿐이었다.

가끔 운 좋게 대화가 더 이어지면 그들이 휴학 중이거나, 군대를 막 제대했거나, 다니던 직장을 그만두고 다른 일을 준비하고 있다는 사실을 눈치로 알게 되곤 했다. 하지만 먼저 말을 꺼내는 사람은 드물었다. 대개 단어나 근황을 통해 스치듯 사정이 묻어 나왔다.

경계에서는 모두가 평소보다 조심스러웠다. 두 손 가득 빈 접시를 들고 넘어지지 않기 위해 안간힘을 쓰는 것처럼, 안과 밖 사이의 좁은 평균대 위에서 각자의 중심을 붙잡고 있었다.

나는 그들을 더 불편하게 만들고 싶지 않았다. B도 마찬가지였다. 그저 건너편 테이블에서 묵묵히 맡은 일을 하는 그를 조금 더 눈여겨보았다. 처음에는 몰랐는데, 주변을 정리하는 몸짓이 예사롭지 않았다. 부피가 큰 접시를 거의 끌어안고 움직이는 나와 달리 B는 가벼운 바구니를 든 것처럼 편안하게 손을 움직였다. 바쁘게 걷는 와중에도 손님과 마주칠 때면 부드러운 웃음으로 눈인사를 건넸다. 오래도록 몸에 익힌 듯한 자연스러운 동작이었다.

경계에 올라서기 전까지 B는 어떤 일을 해왔을까. 요식업이나 서비스업 종사자였을까. 호텔이나 레스토랑에서 일했던 건 아닐까.

나는 좁은 폭 안에 담기지 못한 이야기를 가만히 상상해 보았다. '그냥'이나 '쉬고 있다', '프리랜서'라는 말 뒤로 묶음 처리되는 저마다의 사정들. 하지만 옅은 친밀감으로 그 속을 들춰내려 하지는 않았다. 때로는 침묵이 더 정확한 존중이 될 수도 있으니까.

그때 호출이 왔다. B와 나는 동시에 고개를 들었다. 식기 수거가 끝나면 곧바로 설거지 팀에 합류하라는 연락이었다. 잠시도 쉴 틈을 주지 않네, 속으로 생각하고 있는데, B가 과장되게 얼굴을 찡그리며 엄지를 치켜올렸다. 그 모습에 웃음이 터졌다. 행사장에 남아 있는 손님들을 신경 쓰지 않은, 안과 밖의 위치와도 상관없는, 우리가 어떤 사정으로 이 자리에 서 있는지 잠시 잊게 하는, 불편하거나 어색한 기색 없는 진짜 웃음이었다.

그후로도 나는 종종 출장 뷔페 일을 했다. 트럭에 빈자리 없이 짐을 적재하는 요령도, 식기를 옮기며 표정을 관리하는 노하우도, 원두마다 다른 향을 구분하는 법도 알게 되었지만, '그냥 쉬고 있다'는 이들과는 여전히 그만큼의 거리만 났다. 하지만 그 어색함이 더 이상 이상하거나 답답하지 않았다. 오히려 점점 더 자연스럽고 당연한 일처럼 여겨졌다.

사회는 자주 개인에게 설명을 요구한다. 무슨 일을 하다 여기 오게 되었는지, 어디에서 어긋났는지, 납득할 만한 이유가 있는지. 그럴수록 대화는 멀어진다. 안팎은 위아래로 변해 경계를 더 납작하게 짓누른다.

하지만 나는 알고 있다. 드러나지 않을 뿐, 그 속에서도 사람들이 각자의 온기를 나누고 있다는 것을. "그냥 쉬고 있다"는 대답 뒤에는 겹겹이 쌓인 저마다의 시간이 있다. 말하지 않고, 묻지 않기로 한 마음을 장작 삼아 옅은 친밀감에 불을 지핀다. 그러면 침묵은 금세 다양한 표정과 빛깔로 일렁인다.

곧 사그라들 짧은 순간일지라도 침묵의 자리를 만드는 일은 어쩌면 타인의 이야기에 호기심을 가지고 귀 기울이는 것만큼이나 중요한 태도일지 모른다. 그러니 경계에서 누군가를 만난다면 애써 질문하기보다 맘 편히 웃어주면 좋겠다. 긴 그림자를 등지고 살아왔을 그가 천천히 자신의 중심을 다시 잡을 수 있도록.

모든 질문에 답을 요구하지 않겠습니다.

설명하지 않는 시간을 의심하지 않겠습니다.

'그냥'이라는 말 뒤에 저마다의 사정이 겹겹이 쌓여있음을 기억하겠

습니다.

묻지 않기로 한 선택도 존중일 수 있음을 배우겠습니다.

경계에 선 사람에게 더 또렷한 이유를 요구하기보다 잠시 나란히

서 있는 사람이 되겠습니다.

말하지 않아도 되는 얼굴을 잠시 허락하는 사회.

이유를 따지기보다 숨을 고를 자리를 먼저 내어주는 사회.

그 조용한 자리를 만드는 일.

오늘, 나부터 시작하겠습니다.

그 자리에 있는 사람

D는 내가 아는 사람 가운데 가장 고집이 센 사람이다. 부산에서 작은 책방을 운영하는 그는 좀처럼 다른 사람의 이야기에도 쉽게 방향을 바꾸지 않는다.

누군가 "책방에서 차나 커피를 파는 건 어떠냐?"고 하면 "바로 옆에 카페가 있으니 이용하세요."라고 답한다. 굿즈나 문구류를 두면 좋겠다고 제안에는 "책장 둘 자리도 부족합니다."라며 고개를 젓는다. 책을 추천하는 메모나 손님을 위한 편지 같은 걸 써보라고 하면 "악필이라 아무도 못 알아봅니다."라며 담담하게 컴퓨터 자판을 두드린다.

그의 고집은 자신이 운영하는 책방에도 고스란히 스며 있다. 6평 남짓한 책방에는 빳빳한 신간도서도 있지만, 오랫동안 펼치지 않아 뽀얀 먼지가 쌓인 두껍고 무거운 책들, 이름만 들어본 철학자나 사회학자의 책들, 때로는 스무 권이 넘는 시리즈물도 있다.

한번은 D에게 이런 '악성 재고'를 어떻게 하느냐고 물은 적이 있다. 책방도 결국 책을 팔아 살아가는 곳인데, 오래 팔리지 않는 도서는 부담스럽지 않느냐고. 심지어 책 가격도 만만치 않은데 괜찮으냐고. 하지만 걱정스러운 나와 달리 그는 표정 하나 바꾸지 않은 채 대답했다.

"팔리지 않아도, 책방에 있어야 할 책이에요."

D와 인연이 깊어진 건 작가와 책방을 연결해 주는 지원사업에 선정되면서였다. 작가는 책방을 작업실로 활용하고, 책방은 작가를 중심으로 다양한 문화 프로그램을 진행하는 형태의 사업이었다. 간단한 면접을 거쳐 최종 매칭된 우리는 가장 먼저 출퇴근 시간과 휴일부터 정했다. 사람은 규칙과 계획이 있어야 움직인다는 D의 확고함 때문이었다.

"정해진 시간에 정해진 자리에 있는 건 생각보다 큰일이에요."

실제로 그는 손님이 있든 없든 정해진 8시간 동안은 꼭 책방 문을 열었다. 개인적인 일로 책방에 오지 못하는 날이면 친분 있는 이들에게 대신 자리를 부탁했다. 나도 몇 번 휴일에 그의 연락을 받고 책방을 지킨 적이 있는데, 손님이 온 적은 한 손에 꼽을 정도였다.

책방은 골목 안쪽에 있어 시내를 오가는 사람들의 눈에 잘 띄지 않았다. 그래서인지 북토크나 독서모임 같은 행사를 제외하면 책방에 새로운 손님이 찾아오는 경우는 드물었다. 작업실로서는 더없이 좋았지만, 가끔은 도대체 어떻게 먹고살지 걱정이 앞섰다. 일주일에 두세 권 팔리는 책값으로는 월세도 감당하지 못할 것 같았다. 그러나 그는 아무렇지 않게 자리를 지켰고, 나는 괜히 마음이 조급해졌다.

하지만 그 궁금증은 오래가지 않았다. 어느 날, 조용하던 책방에 수십 개의 택배 박스가 도착했다. 제법 무게가 나가는 상자들을 모두 안으로 들여놓으니 한쪽 벽이 가득찼다. 이게 뭐냐는 나의 질문에 D는 '납품 도서'라고 했다. 그는 익숙한 듯 택배 상자의 포장을 뜯더니 안에 담긴 책들을 하나씩 꺼내 살폈다. 잘못 배송되거나 도착하지 않은 책은 없는지, 구겨지거나 찢어진 부분은 없는지 확인하고 납품서에 꼼꼼하게 기록했다.

D는 몇 시간 동안 그 과정을 반복했다. 수백 권의 책들을 모두 직접 눈으로 확인한 후에야 다시 상자에 집어넣었다. 평소에도 무뚝뚝한 표정이 그 순간에는 한층 더 진지하고 엄격했다. 잠깐 지나치는 사람에게는 보이지 않았던, 책방의 노동이 그곳에 있었다.

책방의 생태계나 수익 구조에 관심을 갖게 된 것도 그때부터였다. 나는 글을 쓰다 막힐 때, 함께 프로그램을 준비하고 시간이 남을 때, 서로 약속이 없어 함께 저녁을 먹을 때마다 D와 이야기를 나눴다. 그리고 가끔은 어떻게 먹고살고 있는지 물었다. 그는 여전히 표정 하나 바뀌지 않고 대답했다.

"사람들은 책방의 주요 고객이 오가는 손님이라고 생각하지만, 사실 진짜 고객은 공공 도서관이나 학교예요. 책을 사러 서점을 방문하는 손님이 얼마나 있겠어요? 물론 몇몇 책방은 사람들이 찾아갈 정도로 유명하죠. 하지만 대부분의 책방은 그런 불확실성에 기댈 수 없어요. 그래서 한 번에 많은 권 수가 판매되는 기관 도서 납품이 책방의 진짜 수입이에요."

나는 저녁 메뉴로 고른 삼겹살을 불판 위에 올리며 고개를 끄덕였다. 그제야 매일같이 모니터를 뚫어져라 쳐다보던 D의 모습이 이해가 됐다. 기관의 납품 공지를 놓치지 않기 위한 그만의 루틴이었다.

그 밖에도 책방을 운영하고 유지하기 위해 필요한 노동이 많았다. 손님이 오가는 공간이니 당연히 청소도 해야 했고, SNS를 통해 진행되는 프로그램이나 행사 홍보도 필요했다. 북토크가 있으면 작가에게 미리 사전 질문지를 만들어 공유하고, 독서모임이 있는 날이면 참여자들과 함께 나눌 이야기를 정리했다. 햇살 속에서 여유롭게 독서를 즐기는 책방 사장님은 상상 속에 있었고, 현실에는 부지런히 일정을 정리하는 D가 있었다.

쏟아지는 신간 속에서 독자들에게 소개할 만한 의미 있는 책을 찾아 입고하는 것도 중요한 업무였다. 사장님 혼자 운영하는 작은 책방일수록, 신간 입고는 재고와 직결되므로 신중을 기할 수밖에 없었다. 그 사실을 알고 나니 책방마다 당연하게 꽂혀 있던 책들의 무게가 다르게 느껴졌다. '팔리지 않아도 책방에 있어야 할 책'을 대하는 D의 마음은 어떨까. 오래 쌓였을 먼지를 털어내며 그 무게를 가늠하기도 했다.

책방에 머무는 동안 나도 D의 영향을 많이 받았다. 물론 내가 해야 할 일은 책방을 지키는 것이 아니라 글을 쓰는 일이었다. 하루 종일 노트북 앞에 앉아 있어도 한 줄도 쓰지 못하는 날이 많았다. 어디론가 도망쳐 울고 싶었지만, 그럴수록 나는 마음을 다잡고 '정해진 시간에 정해진 자리'에 있으려 노력했다. 그건 효율이나 성과와 관계없이 내 삶에 있어야 할 마음 같았다.

그렇게 자리를 지키다 보면 가끔 책방을 찾아오는 '단골' 손님들을 만나곤 했다. 새로운 손님은 드물었지만, 북토크나 독서모임에 참여하고 다시 얼굴을 비추는 손님이 꽤 있었다. 그들은 책을 사러 오기도 하고, 그냥 지나가다가 들르기도 했다. 어떨 때는 간식이나 커피, 술을 한 병씩 들고 나타나기도 했다.

"오늘은 작가님도 같이 있네요?"

"곧 집에 가실 거예요."

"에이, 갈 때는 가더라도 목은 축이고 가셔야죠."

평소에는 무뚝뚝하던 D의 표정도 그때만큼은 쉽게 풀어졌다. 정해진 규칙에서 벗어나 마감시간보다 이르게 출입문 팻말을 '닫힘'으로 뒤집어 두기도 했다. 낯을 많이 가리는 나도 책방에서 만난 사람들과는 어렵지 않게 대화를 나눌 수 있었다.

지나가는 사람이 그 광경을 본다면 책방이란 참으로 낭만 가득한 일이라고 생각할지도 모르겠다. 하지만 그 짧은 순간을 위해 D가 지켜온 것들을 안다면 말을 아끼게 될 것이다. 먹고사는 문제 앞에서, 자신의 손해를 감수하고서라도 '그 자리에 있어야 할 것'을 두는 마음은 결코 가볍지 않다. 그렇기에 어떤 고집은 오랜 시간 다져온 삶의 태도와 닮아 있다.

문득, 책방에 모이는 사람들도 서로를 닮아갈 것이라는 생각이 들었다. 저마다의 일상을 치열하게 살아가는 사람들, 때로는 자신을 증명하기 위해 스스로 상품이 되어야 하는 사람들, 그럼에도 마음 한편에 '그 자리에 있어야 할 것'을 남겨두는 사람들. 그들에게는 언제나 '정해진 시간, 정해진 자리'에 무언가 있다는 사실이 큰 힘이 될지도 모른다. 보이지 않는 책방의 노동은 어쩌면 그런 환대까지 포함하는 것일까. 영업이 끝난 뒤에도 책방은 여전히 구석진 골목에서 불빛을 밝히고 있다.

그리고 이건 정말 우연인데, 사업을 마무리하고 1년쯤 지났을 때 알고 지내던 작가에게 강릉에서 서점을 함께 운영해 보자는 제안을 받았다. 작가이면서 출판사에서 일했고, 서점의 생태계와 수익 구조를 이해하는 사람은 흔치 않다는 이유였다. 그 소식을 전하자 D는 자신이 쌓아온 책방 운영 노하우를 세세하게 알려주며, 마지막에 한마디를 덧붙였다.

"굶어 죽지 말아야지."

내가 일하게 된 책방은 D의 공간과는 조금 다르다. 카페를 함께 운영해 커피와 차도 팔고, 기관 납품보다는 여행객들을 대상으로 한 책 판매가 중심이다. 그럼에도 책장 한편에는 꼭 '팔리지 않아도 책방에 있어야 할 책'을 두고 싶다. 물론 굶어 죽지도 말아야지. 그 자리에 먼지가 쌓일 만큼 시간을 더해 가다 보면, 언젠가 나 역시 누군가에 눈에는 고집 센 사람이 되어 있을지도 모르겠다.

D는 손님이 있든 없든, 매일 같은 시간에 책방 문을 엽니다. 팔리지 않아도 있어야 할 책을 두고, 당장 이익이 되지 않아도 그 자리를 지킵니다. 누군가는 그것을 고집이라 말하겠지만, 나는 그것을 태도라고 생각합니다.

'그 자리에 있어야 할 것'을 남겨두는 마음.

사회는 화려한 성공보다 묵묵히 제 몫을 다하는 사람들 위에 세워집니다. 눈에 띄지 않는 노동, 드러나지 않는 고집, 팔리지 않아도 거기에 있어야 할 것들을 남겨두는 선택들. 그런 사람들이 모일 때 도시는 조금 덜 차가워지고, 골목의 불빛은 쉽게 꺼지지 않습니다.

누군가가 돌아올 수 있도록 오늘도 그 자리에 있는 사람. 그 사람이 결국 세상을 조금 더 견딜 만하게 만듭니다.

믿을 수 있는 이야기를
쌓아가는 일

직장 생활을 할 때, 잠시 고시원에서 지낸 적이 있다. 부산에서 서울로 이직하며 급히 지낼 곳을 알아봐야 했는데, 정해진 시간 안에 마음에 드는 방을 찾는 일은 쉽지 않았다. 회사에서 먼 동네로 가자니 출퇴근에 얼마나 품이 들지 가늠이 되지 않았고, 그렇다고 아무 데나 계약하기에는 낯선 도시가 버겁게 느껴졌다. 작은 선택 하나하나가 조심스럽고 불안했다.

결국 내가 내린 결론은 고시원이었다. 당장 들어갈 수 있는 데다 주변이 정리되면 빠르게 나갈 수 있으니 최적이었다. 근처를 돌아다니며 입주일과 가격, 위치와 생활 환경이 나쁘지 않은 곳을 찾았다. 계약한 방에 짐을 풀자

그제야 마음이 놓였다. 그 한편의 작은 안정감 덕분에 나는 새로운 생활에 적응하며 회사에 출근할 수 있었다.

주변에서는 걱정 어린 시선을 보내기도 했는데, 그럴 때마다 나는 오히려 밝게 대답했다. 휴게실과 샤워장 등 공용 시설도 깨끗하다고, 방음은 잘되지 않지만 다들 조용히 지낸다고. 온수도 잘 나오고, 익숙해지면 지낼 만하다고. 그러면 먼저 말을 꺼낸 사람도 '젊을 때니까 좋은 경험'이라며 대화를 매듭지었다.

나 역시 그게 편했다. 어차피 당장 달라질 수 없는 상황이었고, 언젠가 떠날 곳이라는 생각에 내가 머무는 자리를 진지하게 들여다보지 않았다. 불편하고 부정적인 부분이 눈에 띌수록 나만 손해라고 생각했다. 그렇게 나의 문제를 이야기할 자리에는 기약 없는 타협과 기대만 쌓여갔다.

어떤 문제는 본질을 파악하기까지 오랜 시간이 걸린다. 하지만 정작 그 문제를 겪고 있는 이들의 삶은 단편적인 이미지로 소비되는 경우가 많다. 지방에서 수도권으로 이주한 청년들이 반지하나 옥탑방, 고시원에서 생활하는 모습은 구조의 문제라기보다 성장 서사의 일부처럼 당연하게 여겨진다. 시간이 지나면 달라질 것이라는 기대 때문인지, 젊은 날에 겪는 통과의례처럼 표현되기도 한다. 나는 그 모습이 늘 조금 불편했다.

만화 《리틀 포레스트》를 처음 봤을 때의 느낌도 그랬다. 다른 사람들에게 '도시에서 귀향한 주인공 이치코의 흙냄새 물씬한 자급자족 생활기'라는 소개 문구가 어떻게 느껴질지 모르겠지만, 나에게는 그 흙냄새가 그리 유쾌하지 않았다. 《리틀 포레스트》에서 힐링과 낭만을 찾는 사람들과는 달리, 나는 그 안에서 노동과 자립을 먼저 읽었다. 누군가에게는 쉼처럼 보이는 시간이, 다른 누군가에게는 생존의 방식일 수도 있다는 생각이 자꾸만 따라왔다.

책 전체에 감도는 잔잔한 분위기 덕분에 지나치기 쉽지만, 이치코의 귀향은 생경한 도시에서 혼자 자리 잡는 것만큼이나 가혹하다. 시골 마을로 묘사되는 코모리는 직접 장작을 패고 불을 때야 할 만큼 기반시설이 갖춰지지 않은 곳이다. 그곳에서 이치코는 매일 일을 한다. 마을 주민들의 농사일을 도와주고 일당을 받거나, 자신이

가꾸는 밭에서 작물을 키운다.

집에서도 일을 쉴 수 없다. 청소나 설거지 같은 사소한 집안일뿐만 아니라 열악한 주택을 관리하고 유지하기 위한 또 다른 노동이 필요하다. 겨울에는 마른 장작을 준비하고, 눈을 치우고, 스토브를 청소한다. 여름에는 미리미리 수확물을 손질하고 저장해 둔다. 일은 끊임없이 이어진다. 이치코에게는 '일을 분담할 가족'이 없다. 고등학생이던 어느 날, 어머니는 집을 나가 돌아오지 않았다. 남겨진 집과 계절, 그리고 생활은 온전히 그의 몫이 되었다.

계절별로 변하는 코모리의 풍경은 아름답지만, 한편으로는 이치코의 의지와 노력으로는 어찌할 수 없는 거대한 벽처럼 느껴지기도 한다. 책 전체에서 이치코가 매일같이 음식을 차려 먹는 장면은 달콤한 휴식처럼 보이지만, 사실 자신을 둘러싼 환경을 계속해서 마주하려는 노력에 가깝다. 제자리를 맴도는 듯한 하루하루를 보내는 그를 보며 친구인 유우타는 말한다.

"너 혼자 열심히 사는 걸 보고 대단하다고 생각했어. 그런데 실은 가장 중요한 일을 외면하고 그것을 속이기 위해, 자신을 속이기 위해 그때그때 '열심히' 해서 얼버무리는 느낌이 들어. 사실은 도망치고 있는 거 아냐?"

열심히 사는 일과 도망치는 일이 같을 수 있을까. 그때는 선뜻 대답하지 못했지만, 지금은 조금 알 것 같다. 어쩌면 그럴 수도 있다는 걸. 주변에는 늘 괜찮다고 말했지만, 고시원에서 지내는 동안 나는 잠자는 시간을 제외한 대부분의 시간을 밖에서 보냈다. 회사 일이 끝나면 곧바로 헬스장에 갔다가, 편의점에서 저녁을 먹고 카페에서 자정까지 시간을 보내는 게 일과였다. 겨울이었고, 아무리 실내에 있어도 발끝이 시렸다. 습관처럼 주문하던 아이스 커피도 언젠가부터 뜨거운 차로 바뀌어 있었다.

분명 열심히 산 것 같은데, 자정이 넘어 침대에 누워도 마음이 편하지 않았다. 얇은 고시원 벽 너머로 이불 뒤척이는 소리가 들리면 몸이 먼저 굳었다. 새어 들어오는 것들보다 새어 나가는 것들에 촉각이 곤두섰다. 숨소리조차 신경이 쓰이면 답답한 동시에 우울해졌고, 그런 기분이 드는 내 자신이 싫어 다시 밖으로 나갔다.

목적 없이 번화가를 걷다 보면 늦은 새벽에도 오가는 사람들이 많았다. 그들도 뭔가로부터 도망쳐 나온 걸까. 고된 노동이나 이해할 수 없는 관계 같은 것들로부터. 길게 늘어선 가로등 불빛을 하나씩 세며 그런 생각을 했다. 첫차 시간에 맞춰 사람들이 버스 정류장으로 모이면, 나는 마지못해 왔던 길을 되돌아 걸었다. 결국 다시, 그 방으로.

돌이켜보면 그건 단순히 고시원이라는 공간만의 문제는 아니었다. 아는 사람 하나 없는 타지에서 혼자 생활하는 일, 의논하거나 조언을 구할 존재가 없다는 두려움, 때로는 그 말을 꺼내는 일조차 자신의 부족함을 드러내는 것만 같은 수치심이 뒤섞인 복잡한 감정이었다. 나는 새로운 환경에 뿌리내리지 못한 채, 매일매일 흔들렸다.

그럴수록 나는 스스로를 뻔한 이미지 속에 가두었다. 씩씩한 지방 청년, 가난한 자취생, 고단한 사회초년생이라는 이름을 빌리면 긴 설명이 필요 없었다. 해결책도 간단했다. 불편한 주거환경은 잠시일 뿐이고, 생활비가 부족하면 아끼면 되고, 회사에 적응하면 자연스레 괜찮아질 거라고.

나는 '열심히' 살아가는 것으로 모든 걱정을 얼버무리려 했다. 하지만 마냥 '좋은 경험'이라 웃어넘길 만큼 뻔뻔하지는 못했다. 멀어질수록, 돌아오는 발끝이 시렸다.

"자기 자신의 몸으로 말이야. 직접 체험해 보고, 그 안에서 자신이 느끼고 생각한 것. 자신의 책임이라고 말할 수 있는 건 결국 그것뿐이잖아? 그런 걸 많이 갖고 있는 사람을 존경해. 신뢰도 하고."

《리틀 포레스트》에서 이치코는 직접 수확한 농작물로 음식을 해 먹고 계절을 온몸으로 견디며 생각한다. "말은 믿을 수 없지만 내 몸이 느낀 것이라면 믿을 수 있다."고. 이치코에게 경험이란 어쩔 수 없는 현실을 받아들이는 과정인 동시에, 자신 안에 믿을 수 있는 구석을 하나씩 쌓아가는 일이었다. 그렇게 쌓인 시간은 단편적 이미지가 아니라 길고 구체적인 이야기로 변한다.

타협과 기대 없이 써 내려간 이야기 속에서 이치코는 지금까지 외면했던 과거의 엄마와 마주한다. 도망간 가족도, 남들 입에 오르내리는 소문의 주인공도 아닌, 그저 하루의 노동을 묵묵히 감당하던 한 명의 개인으로서의 엄마를 발견한다. 정해진 틀을 벗어난 순간에야 비로소 오래되고 복잡한 이야기가 흘러나온다.

　서울에서 두 번의 겨울을 보내는 동안, 나에게도 밖으로 나오지 못한 이야기가 많았다. 이직한 회사에서는 1년을 채 채우지 못하고 그만뒀고, 월셋방을 얻어 고시원을 나왔지만 불면증은 쉽게 가라앉지 않았다. 누군가에게는 틀에 박힌 실패로 여겨질 경험이었다. 하지만 나에게 그 시간은 몇 마디로 정리될 만큼 단순하지 않았다.

　같은 문제를 겪더라도 삶의 결은 저마다 다르다. 그 구체적인 이야기를 지운 채, 모든 걸 하나의 이미지로 단순화하려는 순간, 문제는 해결되지 않고 소비된다. 누군가의 고단한 귀향이 '낭만'이 되고, 서울에서의 막막한 생활이 '젊을 때니까 좋은 경험'으로 정리될수록, 해결되지 않은 현실은 점점 개인의 의지와 노력만으로는 어찌할 수 없는 거대한 벽이 된다.

　그렇다면 믿을 수 있는 이야기를 쌓아가는 일은 개인의 다짐을 넘어 우리 사회가 마땅히 나눠 가져야 할 몫인지도 모른다. 누군가 온몸으로 통과해낸 경험은 타인이 발 디딜 수 있는 작은 계단이 되어줄 것이다. 벽을 단번에 허물지는 못하더라도, 그 너머 누군가를 똑바로 바라볼 수 있게 도와줄 것이다.

이제는 타인이 되어버린 과거의 나도 그 사실을 믿을수 있다면 좋겠다. 자신의 이야기가 지워지지 않고 오가던 길목에 오래 남을 거라고. 단단한 지층으로 쌓일 거라고. 누군가 그 이야기에 기대어 걸을 거라고. 그러면 늦은 새벽을 헤매던 발끝이 조금이나마 덜 시리지 않을까.

우리는 종종 스스로를 설명하기 쉬운 말 속에 가둡니다.

"좋은 경험이야."

"다 지나갈 일이야."

"열심히 하면 괜찮아질 거야."

그 말들은 우리를 잠시 버티게 해주지만, 우리를 단단하게 만들지는 못합니다. 믿을 수 있는 이야기는 잘 정리된 문장이나 그럴듯한 이미지에서 나오지 않습니다. 몸으로 겪은 시간을 함부로 축약하지 않을 때, 불편했던 감정을 지우지 않고 끝까지 바라볼 때, 비로소 자기 삶을 자기 언어로 설명할 수 있게 됩니다.

또 누군가에게는 통과의례로 보였던 시간도, 누군가에게는 매일 건너야 했던 벽이었을지 모릅니다. 그 벽을 쉽게 '낭만'이나 '성장'으로 덮지 않고, 그 사람이 감당해 온 현실을 있는 그대로 들어주는 일. 그것이 우리가 함께 나눠야 할 태도가 아닐지요.

존재할 권리,
빛나지 않아도 삶은 그 자리에

이사 준비로 책장을 뒤적이다 색바랜 파일 폴더를 발견했다. 뭔가 싶어 살펴보니 고등학교 시절의 진로 활동지가 잔뜩 꽂혀 있었다. MBTI 같은 성격 검사지부터 모의 면접용 자기소개서, 여러 공모전에서 받은 상장과 자격증 사본 등이 빼곡했다. 직업계 고등학교를 다녀서인지 '진로'라고 적힌 활동들은 대부분 자연스럽게 '취업'으로 연결되어 있었다.

그중에는 사이즈에 맞지 않게 억지로 끼워 둔 종이도 있었다. B4 용지에 인쇄된 '인생 그래프'였다. 가로축의 시작점을 현재로 두고, 향후 10년간 자신에게 벌어질 사건을 상상해 보는 활동이었다. 세로축은 인생의 어려움을 뜻했다. 아래로 내려갈수록 고난과 역경이 늘어났고, 위로 올라갈수록 행복과 성취가 따라왔다. 점점이 이어진 선은 언뜻 밤하늘의 별자리처럼 보이기도 했다.

그 그래프 속에서 나는 기술력과 안전성을 갖춘 기업에 입사한다. 산업기능요원으로 군 복무를 마치고, 주말 대학을 다니며 학위를 취득한다. 기계 분야 경력이 쌓일 때마다 산업기사, 기사, 기능장 자격증 시험에 차례로 합격한다. 8년 차에는 더 나은 회사로 옮기기 위해 사표를 내고 공부에 전념한다. 계속해서 올라가던 그래프는 이 시기에 조금 떨어진다. 하지만 결국에는 새로운 직장에 취업하고, 언제 연애했는지 모를 상상 속 애인과 결혼까지 성공한다. 마지막에 이르러서 그래프는 가장 높은 점으로 이어진다.

모든 점이 하나의 낭비도 없이, 깔끔하고 완벽한 선으로 연결된 인생을 보는 건 이상한 기분이었다. 마치 '오래오래 행복하게 잘 살았습니다'라는 문장으로 끝나는 옛 동화를 보는 것 같았다. 정해진 결말을 향해 일직선으로 나아가는 단순한 이야기. 그게 답답해 보였던 건 내가 인생 그래프의 마지막 점, 스물아홉의 현재에 서 있기 때문일지도 모른다. 당연한 말일지도 모르지만 직접 몸으로 겪어온 10년은 상상 속 이야기처럼 단순하지 않았다.

　나는 예상대로 열아홉 살에 취업하긴 했지만, 퇴근하면 자격증 공부 대신 글을 썼다. 산업안전과로 시작한 방송통신대학교 공부는 한참 뒤 교육학과로 편입했다. 첫 번째 책이 출간될 때는 폐결핵에 걸려 집에서 누워만 있었다. 경력도 없이 출판사에서 일하다가, 나중에는 글을 쓰기 위해 글과 상관없는 아르바이트를 전전했다. 강의 요청이 오면 어디든 달려갔다. 책방에서 함께 일하자는 제안을 받아들인 건 여러 이유가 있었지만, 무엇보다 나에게 고정된 좌표가 없었기 때문일 것이다.

　아무리 가야 할 길을 정해두어도 사건은 고장 난 GPS처럼 온 사방으로 나타났다 사라졌다. 그래프 선은 위로 올라가기는커녕 수시로 툭툭 끊어지기 일쑤였다. 어긋난 쪽을 붙잡으려 애써도 봤지만 당장의 현실을 살아내는 일이 더 급했다. 그에 비해 눈앞의 인생 그래프에는 여백이 너무 많았다. 날려 쓴 글씨만큼이나 성의없고, 하품이 나올 정도로 상상력이 빈약했다.

그냥 넘어갈 수도 있었을 것이다. 학창 시절의 나는 이런 생각을 했구나, 웃으며 쓰레기통에 인생 그래프를 던져 넣을 수도 있었을 것이다. 하지만 나는 그러지 않았다. 굳이 책상에 자리를 잡고 펜을 들었다. 그리고 상상 속 인생 위에 현실을 덮어 쓰기 시작했다. 무엇하나 마음대로 되지 않았던, 계획에 없었던, 엉망진창으로 흘러온 굴곡을 다시 쓰기 시작했다.

처음에는 가로축과 세로축에 신경을 썼다. 나름 관련 있어 보이는 일들을 모아두기도 했다. 하지만 비슷한 시기에도 상반되는 경험들이 있었고, 좋고 나쁨을 명확히 판단할 수 없는 사건도 많았다. 나중에는 위치를 신경 쓰지 않고 빈자리마다 점을 찍었다. 하나를 찍으면 하나가 떠오르고, 또 다른 사건으로 기억이 이어졌다. 정신을 차려보니 인생 그래프는 어느새 혼란한 검은 덩어리로 변해 있었다.

펜을 꽉 잡고 있던 손가락이 욱신거렸지만, 마음은 한결 편안했다. 어쩌면 나는 유치한 변명을 하고 싶었던 게 아닐까. 인생이 마음대로 되지 않는 건 내 탓이 아니라고. 모두가 멋들어진 선을 가지고 있지는 않다고. 빛나지 않아도 삶은 그냥 그 자리를 채우고 있다고. 한 번쯤은 말해보고 싶었던 게 아닐까.

많은 사람들이 인생이 하나의 선이 되어야 한다고 믿는다. 반짝이는 순간들을 연결해서 누구나 감탄할 만한 멋진 의미를 찾아내야 한다고 여긴다. 그래서 때로는 전후가 뒤집히기도 한다. 오로지 선을 긋기 위해 가상의 점을 먼저 찍고, 연결되지 못한 모든 순간을 '쓸모없다'거나 '시간 낭비'라 부르며 자조한다. 누군가는 선의 유무만으로 타인을 평가하기도 한다.

하지만 현실의 굴곡을 직접 겪어온 사람이라면 알고 있다. 모든 순간이 반짝일 수는 없다. 매번 특별한 의미를 부여할 수도 없다. 대부분의 사람은, 사건은, 인생은 어떠한 의미를 가지기 이전에 그냥 그 자리에 있다. 그 질량을 사회에서는 '권리'라고 부른다. 쓸모를 증명하지 않아도 되는, 존재 그 자체를 긍정하는 태도는 우리의 삶에 새로운 좌표를 만든다.

남들이 부러워하는 커리어나 안정적인 직업을 가지지 못해도 나는 그 자리에 있다. 오늘의 선택이 훗날 바보 같은 후회로 이어지더라도 나는 그 자리에 있다. 노력에 걸맞은 성취가 없어도, 고난과 역경만 가득한 세로축을 벗어나지 못해도 나는 그 자리에 있다.

당신도 그 자리에 있다. 반짝이는 별자리를 가지지 못했다고 해서 밤하늘이 텅 빈 것은 아니다. 눈에 보이지 않을 뿐, 하늘 너머 우주에는 질량을 가진 어둠이 하나둘 숨 막히는 공백을 채우고 있다. 서로의 존재를 끊임없이 확인하면서.

어쩌면 우리에게 필요한 건 멋진 서사를 완성해 줄 그래프가 아니라 이미 이 자리에 있다는 사실을 서로 확인해 주는 일인지도 모릅니다. 잘 이어진 선이 없어도 괜찮습니다. 어디에도 기입되지 못한 시간들도, 끝내 설명되지 않는 선택들까지도 한 사람의 무게를 이루는 조각의 일부입니다.

그래서 나는 이제 조금 덜 증명하고, 조금 더 머물러 보려고 합니다. 무엇이 되지 않아도 괜찮다고, 그래도 여기 있다고.
나는 나대로, 당신은 당신대로 한 칸을 차지하고 있다는 사실만으로도 이미 충분하지 않을지요. 무언가로 쓸모를 증명하지 못해도 괜찮다고 말해줄 수 있는 사회라면 우리는 더 서두르지 않고, 스스로를 덜 몰아붙이며, 자기 삶을 조금 더 다정하게 바라볼 수 있을 것입니다.

사소하지만
뾰족한 순간들
그때 우리가 선택한 태도에 관하여

초판 1쇄 발행 2026년 4월 30일

지은이 김예원, 김완, 박산호, 이은주, 허태준

펴낸이 윤현숙
디자인 디자인소요 이경란
마케팅 G점토, 이혜영

펴낸곳 양양하다
출판등록 2024년 12월 26일 제2024-000255호
주소 경기도 고양시 일산동구 중산로 70
전화 070-8098-7190
팩스 02-2137-0954
이메일 yyhdbooks@gmail.com
인스타 @yyhdbooks

ISBN 979-11-992195-8-8 (03810)